満州の記憶

吉田秀夫
Yoshida Hideo

もくじ

満州国

一九三一・九　柳条湖事件　関東軍による満鉄の線路爆破。中国軍に対し軍事行動を起こし満州事変勃発。
一九三二・三　満州国建国宣言。
一九三四・三　満州帝国成立（清朝最後の皇帝宣統帝愛新覚羅溥儀、満州帝国康徳帝）。
一九三六・十一　二十年間で百万戸移住計画。長野三万八千人、山形一万七千人、熊本一万三千人、福島一万二千六百人他、一九四五・八までに開拓移民二十二万人がソ連国境移住。
一九四五・八・九　ソ連軍、国境を越え進撃。開拓団死者四万六千人、シベリア抑留者三万四千人、行方不明者三万六千人、帰還者十一万人。
一九四五・八・一八　康徳帝溥儀退位、満州国消滅。

装丁画　小崎侃
デザイン　ミートデザイン工房　浜崎稔
編集進行　宮下陽子

悲しみの誕生日

Ⅰ　熱砂の夏

昭和二十年八月九日、満州国東安省密山（勃利《ぼつり》）県神武屯《しんぷ》開拓団入植地。青く澄みわたった夏空が、目にまぶしかった。

昭和十八年九月、山西一家は内地での生活に見切りをつけ、ここ神武屯の地を新天地とみなして、一家こぞって入植を果たした。一家の中核である昌雄がもっとも渡満に積極的であったが、妻の文枝にしても不安は感じつつ、新妻としての彼女の若さがその不安を打ち消すのに与《あず》かった。臨月に近い大きなおなかを抱え、関釜連絡船を経由して奉天から一気に北上する。新天地での新しい生活にかける期待と、何が起こるか分からぬという不安が、彼女の頭のなかをかわるがわる駆けめぐった。神武屯に着いてすぐ文枝は、佳木斯《チャムス》の医大で長男の明夫を出産した。九月の満州である。それからほどなくして夫の両親が神武屯へやってきて、家族五人の生活がはじまった。

「狭いながらも楽しい我が家ね」

「ああ」

そんな夫婦の会話が、たしかに似つかわしかった。荒野を切りひらき、田畑をおこして燕麦《えんばく》を播き、その麦が豊かな実をつけた。背丈ほどのコウリャン畑のなかで、深々と昼寝を楽しむこともできた。不満といえば、電気が通っていなかったことだけであるが、ランプ生活の不便さも昭和二十年に入って、ほどなくして解消された。

昭和二十年三月を境に、急に青壮年団員が現地部隊に召集されることが目だちはじめた。男手をとられた家では、老人と女子がかわって働き手となった。軍への物資の供給を減らすわけにはいかなかったのである。軍とは関東軍のことである。無敵関東軍の宣伝は、その当時団員の隅々にまで行きわたっていた。

しかし、昭和二十年一月十七日、対ソ戦開始を予想してその関東軍内部では、はやばやと破滅的な作戦計画が立案されていた。その骨子は、全開拓団の居留する満州北辺地域を含む満州国土の四分の三の放棄と、関東軍主力の通化デルタ地帯への完全撤退である。残された居留民は、防衛はおろか避難さえも顧慮されていなかった。開拓団の生死は、鼻から放棄されていたのである——。

七月に入った。軒なみのように団員が召集を受け、ほとんどの家庭が男手を失っていた。召集からたまたま漏れた昌雄は、男手の貴重な存在としてにわかに多忙となった。馬車《マアチャ》を駆って本部との連絡に行き来することが多くなった。砂塵を巻いて昌雄が戻ってくると真っ先に明夫が飛びだしてくる。もう少しで二つの誕生日である。小さな体を抱きあげるとずしりと重みを感じるようになった。

八月九日の朝も、はやくから夫は出かけていった。めぐる日にはかわりがない。満州にはその日も平和があるように思われた。わずかに遠くドーン、ドーンという砲声が聞こえてくる。しかし、その砲声さえも、自分たちの生活とは関りがないように文枝には思われた。

夫があわただしく、馬車ではなく馬に乗って帰ってきた。表情がけわしい。畑に出ていた文枝と姑の清は、不吉な翳《かげ》りに顔を見あわせあった。

「ソ連が国交を断絶したぞ。国境じゃ、もう戦闘がはじまっている。ここは至急避難が必要だ。いまから三時間後に荷物をまとめてみんな団本部に集まってくれ」

そういうなり、夫はとるものもとりあえずにまた駆けだしていった。よく事情が飲みこめない。夫の表情から事態の険悪さだけは、うかがいしれる。

馬車に急いで荷物を積みこんだ。満州は夏とはいえ、夜は冷える。野宿に備えて綿入れをみんなが着こんだ。文枝は、明夫を背中にしっかりくくりつけ、三日分の携帯食を両肩からさげ、おしめ袋を腰にゆわえつけた。団本部から供給された銃は、しゅうとの安蔵がもった。その安蔵が、文枝と清にそっとストリキニーネの包をわたした。

「もしものときは、これで――」

安蔵は、さとすような口ぶりであった。文枝は一瞬はっとしたが、その包を受けとるとおしめ袋のなかにしっかりしまいこんだ。

「どうしても避難せにゃいかんのかの――」

清である。この姑の日課は、念仏にはじまり念仏に終わる。信心深い清が、はるばる内地からもってきた小ぶりの御本尊を信玄袋にしまいこみながら、そういった。その気持ちは、文枝にしても同じである。

「ソ連が攻めてくるといったって、あの付近にゃ兵隊さんがおるじゃろに。こんなところにまで本当にやってくるのかね」

清の気持ちのなかには、この二年間家族みんなが協力して、どうにか田畑の開墾事業が軌道に乗りかかっていた矢先なだけに、いま家を離れることには未練があったのである。そういう間にも、遠くのほうで時折りドカーン、ドカーンという砲声が、聞こえてくる。確実に前進してくるようでもある。

「安心はしておられまい。ロスケのことだ。本気になったらここら辺はただじゃすむまい」

安蔵が、戸口に板を打ちつけながら、そういった。

「それに、劉さんたちが今日は姿を見せんぞ。おかしいと思わんか」

劉さんというのは、気のいい満人の雇い人であった。たしかに、今日の朝からぷっつり姿を見せなくなっていた。この二～三日、協力的であった満人の態度が、微妙に変化しているのを安蔵は感じていた。いままでと違って、冷たい視線を浴びせかけるようになっている。注意しなければならないな、と思っていた矢先のことである。

馬車の車輪のぎしぎしとした音が、時折り遠く鈍く聞こえる砲声の音に混じって、静かなコウリャン畑に響く。文枝は馬車の手綱を引きながら、止むを得ず家を離れる寂しさに後ろ髪を引かれる思いであった。彼女にとってこの土地はほかの何ものにも変えがたい辛苦の思い出と生きがいに満ちている。はたして、もう一度ここに戻ってこれるだろうか。彼女の心は、暗く不安にくもった。

暗緑色の飛行機が、数機上空を舞っていた。敵か味方か、高すぎてよく分からない。特有の爆音は、文枝の不安をますますかきたてる。

「あれは、味方だ。九七式戦闘機だ、まちがいない」

安蔵が、ふり仰いだ顔に小手をかざして、確信めいてそういった。

「本当に大丈夫なんですか」

「ああ、あの足を見てみろ。折りたたまないでむきだしだろう、あれは、九七式の特徴なんだ。味方の飛行機が、ロスケをやっつけにいく途中だろ」

安蔵の声は、確信に満ちていた。が、彼はミグを見たことがない。彼ばかりではない。開拓団の人間は、その日まで誰もミグを知らなかった。きのうまでは、戦争は遠くを通りすぎていくだけのものであった。しかし、一夜明け何もかもが一変していた。

時折り通りすぎる満人たちは、たしかにきのうまでの人なつこい表情をとり払っていた。一様に厳しい突きさすような視線を送ってくる。夏の陽射《ひざ》しと、急きたてられるような緊張感のために、つぎからつぎへと文枝の額からは汗がしたたり落ちてくる。いま襲われでもしたら、もうどうしようもない。早く本部へ着かなければという思いが、文枝の気持ちのなかで空まわりをしている。手綱に力をこめ、沸きおこる不安を打ち消すように文枝は馬を打った。

満人たちとは、うまくやってきたつもりであった。とくに、劉さん一家とは家族ぐるみのつきあいをしてきた。ひとりひとりは、とてもいい人たちばかりである。だから——だから、と文枝は考える。何事も起こるわけがない、と。ソ連軍部隊も、いずれ関東軍によって撃滅されるだろう。だから——。これは、一時的な疎開なんだ、と。

文枝の幻想は、道端に転がされた血塗《ちまみ》れの日本人母子の死体によって、無惨に打ち壊されてしまった。七つぐらいの少女は、目を見開いたまま、いまにも何か呟きそうな顔をしている。大地はたっぷり二人の血を吸って、暗赤色の染みを気味悪くつくっていた。

「満人だ」

安蔵が叫んだ。満人が殺りくした、というのである。恐怖が文枝の体を駆けめぐる。手綱をとる馬車の速度がのろくなったら、今度はこっちがやられそうだ。左右の麦畑などもう目に入らぬ。一目散に団本部目指して駆けぬけていった――。

団本部では、続々と各部落の人たちが集まってきている。不安と表情をなくした顔が、魂の抜け殻のように並んでいた。どうしたらよいのか、誰も明確な答をもっていない。その焦りが、不安と相まって団本部を混乱のなかにおとしいれていた。

林口だ、林口へ脱出する。いや林口はもう火の海だ、鶏寧まで行って、そこから牡丹江へ逃げよう。いや、牡丹江へなど行ったらそれこそ皆殺しにされてしまう。それより、ひとまずここはじっとして、関東軍がやってくるのを待ったほうが得策じゃないか。議論が百出して、なかなかまとまらない。そのときである。

「や、やられた。永見里部落だ。現地人の襲撃を受けて、全滅……」

全身に返り血を浴びた白はちまき姿の青年が、馬にぶらさがるようにして飛びこんできた。議論している場合ではなくなった。何人か生き残っている者がいるという。昌雄をはじめとして、あわただしく救出部隊が出動していった。婦人たちは、急いで炊きだしにかかる。いずれ襲ってくるかもしれない満人の襲撃に備え、七十に近い老人たちまでが銃を握った。

一時間後、救出部隊がもうもうとした砂塵を巻きあげながら、二人の負傷者を馬車に乗せて帰ってきた。ひとりは山田さんの奥さん、もうひとりが小嶋さんのところの、七つになる女の子であった。二人とも、頭を何かで殴られたらしい。タオルを巻いてはあるが、どっぷりと血を吸っていた。

「父ちゃんも母ちゃんも、殺されたァ――」

女の子が、泣き叫んでいる。昌雄によると、百人ぐらいの馬賊《マアボウズ》が完全に村を包囲してしまって、近づくことができない。村のなかでは、掠奪の限りがつくされている。つぎつぎと家財道具が運びだされている。

団長の野原さんは、事態の深刻さに表情をますます曇らせた。肝腎の関東軍は、どこにいるのかさっぱり分からない。それに、二百人近い人間の八割以上は、女子《おんなこ》どもばかりである。銃も限られている。どこに避難させたらよいのか、ふっと野原さんの頭を不安がかすめた。

とりあえず、じっとしていては、事態はますます悪化するばかりのように思われる。駅へ向かおう。何としても日本軍とめぐりあわなければならない。万一の場合は、各家族は自由行動をとってもよいことを申しあわせ、神武屯開拓団百九十三人は、八月十日払暁《ふつぎょう》、亡民のように神武屯を出発した。

周囲はだだっ広い原野である。時折り、山あいに小さな赤旗が降られているのが見える。匪賊《ひぞく》の合図に違いない。襲いかかる時期を狙っているように思われる。数少ない青年団員が馬に乗って必死に隊列の周囲を守っていた。いつ襲われるかもわからぬ恐怖に気ばかりが焦る。歩ける子どもは、大人の速さについてゆくので懸命であった。遅れることは、確実に死を意味することがよく分かっていた。母親はむっとして、必死の形相をしている。思わず握った手に力をこめ、子どもがしかめているのにも気づかなかった。狭い街道を、人が折り重なるようにして歩いていた。

上空で蜜蜂のうなりのような音がした。思わず空のほうを見あげる。飛行機が一機、ぐんぐんと急降下してくる。

「敵機だ――！」

ばらばらと隊列が乱れる。その上をなめるようにバリバリバリッと、機銃掃射の土煙があがっていく。文枝は、とっさに馬車の下に逃れた。アッとか、ウーンとかいう声が漏れる。小さな子どもが引きつったように泣きはじめた。ひょいと見ると、文枝のすぐ脇では、顔見知りの松原のお婆ちゃんが、後頭部に大きな命中弾を受けて身動きをしない。その傍らの宮原さんの奥さんは、どこに弾を受けたのか死にきれずに大きなおなかを抱えてうなっていた。小さな子どもたちが、顔をくしゃくしゃにして、大人たちに助けを求めている。が、大人たちにしても突然の現実に、自分たちのことを考えるので精一杯であった。二度三度と機銃掃射が繰り返されるような気がする。足がすくんで動けないのである。

飛行機は去っていった。しかし、地上のほうでは犠牲も大きい。十六人が即死し、二十人近くが傷を負った。十人は深傷である。傷の具合から、四人は動かせそうもない。しかし、野原団長の気持ちとしては、一秒もこんな原野でたち止まっておるべきではなかった。四人は、見捨てる以外にない。後ろのほうから、暴徒に襲われそうな憂慮が、みんなを支配していた。先頭の集団は、すでに出発をはじめている。狭い街道を駄車と駄車が、激しくぶつかりあう。少しでも先を急ごうとする人が、必死の形相でまなじりをつりあげていた。小さな子どもが、はじかれて溝に滑り落ちた。

しかし、大人たちは誰も見向きもしない。その若い母親が駆けつけてきて、溝のなかでべそをかいている子どもを烈火のごとく叱った。彼女にしても、いつ殺されるかもしれない不安が、怒りになって吐きだされるのをどうしようもなかった。

隊列の後方で悲鳴があがった。突然、キューン、キューンと、どこからともなく弾が飛んできて、地面がはじけた。的の大きい馬が、首筋を撃ち抜かれて、どおっと倒れた。みんないっせいに街道のわきの溝のなかに身を伏せる。向こうの高台のほうから撃ってきているようだ。こちらからは昌雄をはじめいっせいに男子が応戦するが、相手がよく見えないので、らちがあかない。弾すじからいって、どうもかなりの人数がいるように思われる。このままでは、包囲されてしまう恐れもあった。

援護射撃を女子にたのんで、男子は決死の斬りこみで囲みを突破することになった。男子が戦っている間に、女子どもは前方の山のなかへ逃げこむのである。生きるか死ぬか、まさに決死であった。決死隊は、野原団長以下十八名、団長と昌雄、それに何人かを除けば、まだ十七、八の少年であった。全員に一振り日本刀をわたして、五十歳の野原団長は、みなさんよろしくたのみますと、眼前の少年たちに深々と頭をさげた。六十七歳の安蔵は残って、女子どもの山中への避難を誘導することになった。

「それじゃ行きましょう」

野原団長は、死を覚悟しているように見えた。彼らは、団長を先頭にしてするすると道端のコウリャン畑のなかに姿を隠した。

文枝は安蔵から銃を受けとると、みんなといっしょに猛烈に銃の引き金をひきはじめた。もう夫とは会えないかもしれない。そう思うと、何のためにこの二年間ここで苦労をしてきたのか、たまらなくやるせない気持ちに襲われるのである。となりでは野原団長の奥さんが、必死の形相で撃鉄をおこしていた。この夫婦は、一人娘を機銃掃射で殺されてしまった。悲しむことも許されない。恐怖と絶望が、機械のように彼女に銃の引き金をひかせていた。

遠くのほうで、叫び声と喚声が突然わきおこった。ああ、いまお父ちゃんたちが斬りこんだンだ――、文枝の胸は、夫の安否にどきどきと高鳴った。

「さ、みなさん出発しましょう。山のほうまで一気に駆け抜けてくださいよ。弾が飛んできても、途中でたち止まっちゃだめですぞ」

安蔵が、大きな声でどなった。山までは二百メートル。その間さえぎるものは何もない。

そこを、一気に駆けぬけるのである。だいじにしていた荷物もみんな捨てなければならない。自分で走れる子どもたちは、母親から絶対手を離しちゃいけないと、何回も繰り返し注意を受けていた。文枝は、背中の明夫を胸のほうにしっかりくくりつけ直した。弾に当たるか当たらないか、運を天にまかせるほかない。途中で石にでもつまづいて倒れたら、その分だけ確実に死に近づいてしまう。

石原さんの奥さんが、駆けだそうとしたところで足に直撃をうけて、ウーンといったっきり動けなくなってしまった。両手には、十歳前後の女の子を二人連れていた。しきりに流れ弾がキューンと鋭い音をたてて飛んでくる。女の子は、顔前の恐怖に顔を引きつらせて、身動きできなくなった。

「走らんば、はよう走らんば」

石原さんの奥さんが、うめきながら必死に声をかける。

「いや、いやっ」

女の子は、二人とも泣きだして地面にはいつくばっている。このままでは、女の子たちは流れ弾に当たってしまう。

「お願いします、誰か。この子たちをお願いします」

ばらばらと走りだす人たちに向かって、石原さんの奥さんが叫ぶ。助けてくれたのは、野原団長の奥さんであった。

「安心なさい。まちがいなく向こうのほうに連れていってあげる」

「お願いします」

野原団長の奥さんは、つぎの瞬間両手にさっと二人の手を引くと、一目散に駆けていった。石原の奥さんは、しだいに小さくなっていく我が子の背中を見送りながら、いつの間にかさようなら、さようならと何回も心のなかで繰りかえしていた。

文枝は、うまく逃げることができた。清と安蔵も無事であった。野原団長の奥さんが、さっきの二人の女の子を連れて、それから少ししてから駈けこんできた。みんなは、ともかくもお互いの無事を喜びあった。

安原さんの家族は、五人もいたのに無事だったのは、わずかに奥さんと小学生の男の子の二人だけになってしまった。おじいちゃんとおばあちゃん、長女の昌子がこちらのほうまで届かなかったのだ。安原さんは、精も根もつき果てたような顔をして、昌子が、昌子がとうわ言のようにつぶやいている。昌子は、まだ五歳にもなっていない。

結局、百十数人の人が、傷つきながらも何とかたどりついた。しかし、十何人かは途中で撃たれるか傷を負ってあきらめて、殺されるよりはストリキニーネをあおって死んだ。三十数人は、逃げ遅れて脱出できずに行方不明になっていた。紙一重の差が、運命を分けるのである。

山のなかへ入っても、休むことはできない。置いてきた荷物を、満人たちが奪っていくのが見える。転がされた死体も例外ではなかった。身ぐるみ剥がされた死体が、限りない汚辱に満ちて冷たく転がっていた。死にきれずにもがく人の頭を、つぎつぎと満人たちがカマで叩き割っている。命が衣類とひきかえであった。しかもその衣類は血にまみれている。

「畜生……！」

誰かが叫んだ。つぎつぎに畜生、畜生と叫び声があがった。どうすることもできない。哀れな自分たちの運命に向けられたものだったのか。

百十数人の人たちは、背後から迫ってくる恐怖から逃れるように、山のなかをあてもなく歩きはじめた。一秒でも休めば、死神がとりつきそうである。歩き切ったところで、安全であるという保証はどこにもない。

「足が痛いよォ」

子どもが泣く。靴ははやばやと脱げてしまい、気づかないうちに素足で何キロも歩かせていた。朝から一滴の水も飲ませていない。傷ついた子どもたちは、燃えるような傷の痛みに悲鳴をあげるしかなかった。文枝のように、小さな子どもがひとりしかいないところはまだよかったかもしれない。なかには、二人も三人も子どもを抱えて、身動きがとれないところもあった。福田さんの奥さんが、さっき撃たれた足の傷のせいでとうとう歩けなくなった。その傍では、幼い三人の子どもが不安気な顔ですがりついている。見かねた野原団長の奥さんが、福田さんに肩を貸して歩かせた。下の二人の子は、あの石原さんのところの姉妹がおぶり、上の子は清が背負った。福田さんはヨロヨロと歩くが、またしばらくすると足を押さえてウーンとうなり、たまらずにしゃがみこんでしまう。足の傷に巻いたタオルからは、血がしたたっている。

「わたしはもう駄目だから、どうぞ子どもたちとここに残してくれないか」

福田さんが、泣きそうな顔でそういった。

「バカなことをいうな。わたしがしばらくここで休むように、みんなにかけあうから、待ってなさい」

団長の奥さんがいった。しかし、返ってきた答は歩ける者だけ、行ける者だけが行くというものであった。誰もたち止まらない。福田さんは、その答えですっかり諦めて、団長の奥さんに子どもに薬を飲ませてやってくれないかとたのんだ。もうみんなには、迷惑はかけられない。しかし、自分の子には薬を飲ませられない。後生だから、満人にむざむざ殺されるくらいなら、子どもたちが死ぬのを見届けて自分も死ぬ、というのである。団長の奥さんは、さすがにはっとしていた。しかし、その場の雰囲気は、団長の奥さんの決意を促さずにはいられないものであった。

「みんな、この薬を飲んでまんまちゃんのところへ行こ」

福田さんの奥さんがそういうと、子どもたちは三人ともうん、といって小さな頭を振った。ストリキニーネの包みを団長の奥さんがもって行くと、三人は小さな口を精一杯に広げて、予想さえつかぬ死の世界のなかにつつみこまれていった。

すっかり夕闇が辺りを支配していた。一日中文枝たちは、歩きつづけていた。山のなかを歩いていたかと思うといきなり道路に出、道路からまた山のなかへ入る。いまどこにいるのかさえ、定かではない。一行のなかで、傷ついていないものはない。しかし、それでも必死に目に見えない恐怖と闘いながら、歩だけは進めているのである。

突然、バーンと後ろのほうで鉄砲の音が鳴った。はっとしてふりむくと、五～六人ほどのかたまりのなかで、中年の女性がひとり激しく頭から血を吹きだしながら、倒れていた。しかも、よく見るともうひとり、鈍く差しだされた銃口の前に頭をさげている人がいた。バーンとつんざくような音がしたかと思うと、投げだされるようにどっと前のほうに倒れた。つづいてもうひとり……。こうして、つぎつぎに五人の人が、夕闇のなかで自決を遂げた。

真っ暗ななかではぐれないようにするため、前を歩く人の肩の上に手を置いて一行は歩いた。歩きながら、たびたび執拗な睡魔に襲われる。はっと気づくと、どしんと前の人の背中に自分の顔がぶつかっていた。しかし、そうしていったん目がさめても、またすぐにうつらうつらとしてしまう。一行は、眠りながら歩いていたのである。

夜半から、雨がしのつきはじめた。文枝は、ぱらぱらしはじめると上を向いて思いっきり口を開けた。暗黒の空から舞い落ちる無数の水の粒子が、渇ききった文枝の口のなかでぴちぴちとはねる。口移しで、明夫にも水を飲ませてやった。明夫は、そのとき際限もなく息もつかずに水を飲んだ。

しばらくすると、たっぷりと水を吸った足元の土が、みるみるうちに泥濘に変わった。たちどころに、運ぶ足が重くなった。足を踏みはずして、ぐしゃぐしゃの泥のなかを何人かが転げまわる。とくに、この雨と泥のために、子どもが急速に弱っていった。安原さんのところのあの小学生の男の子は、高い熱を出した上に、降り注ぐ雨にも打たれ、全身をぶるぶるとふるわせていた。ついに歩けなくなって、泥の上にしゃがみこんでしまった。

「どこがきついか」

母親が、体で雨をさえぎりながら唯一の息子に訊ねる。

「ここが、ここが」

息子は、喘ぎながら胸をかきむしる。安原さんは、たまらずにその胸を必死にさすってやるが、むろんそんなものが何の役にもたたないことは、よく分かっているのである。〈ああ……〉と安原さんの心が悲嘆にくれる。母親として、いまの息子に何もしてあげられない。彼女はすっかり力を落として、満州の並たいていではない苦労が、こんな無惨な結果に終わろうとしている自分の身の不遇に、頭をかかえざるをえなかった。夫は七月に召集され、牡丹江の守備隊へ行ったっきり、消息はつかめない。残ったおじいちゃん、おばあちゃん、それに長女の昌子を逃げる途中で失った。この上息子まで……。どこにこの思いをぶつけたらよいのか。彼女の心は、やり場のない憤りにふるえるのである。彼女の右手が、ふところのなかの包みをさぐっている。〈死のう〉そう思ったのは、自然の感情である。安原さんは、もう、そのとき生きながら死んでいたといってよい。

「さきに行っといてね。母ちゃんもすぐ行くから」

「母ちゃんもすぐ来てね」

「うん、心配せんでもすぐ行くから」

男の子は、ごくんとひとつのどを鳴らして、包みのなかの薬を飲みこんだ。数分後、手足を突っぱって激しい痙攣が起こる。安原さんは、呼吸麻痺を起こし、あっというまもなく虚脱状態に陥った子どもの体をなでながら、辛いやろな、苦しいやろな、かんにんしてな、と何回も何回も同じことを繰りかえしていた。

キューンと、また鉄砲の弾が地を這うように飛んできた。暗闇のなかで、ドサッ、ドサッと何人もの人が弾に当たって倒れる。用意周到な満人の攻撃である。隊列は、雨のなかでの不意の攻撃に混乱を極めた。一度子どもの手を離してしまえば、もう二度とはめぐりあうことができない。何人もの母親が、混乱のなかで思わず小さな子どもの手を離してしまった。泣き叫ぶ子どもの声も、満人たちの喚声にかき消されて近づくことができないのである。ここがどこなのか、それすらも分からないところに子どもを残してしまった。不覚の念を感じても、そのときの状況はともかく満人たちから一歩でも逃れるよりなかったのである。

文枝がはあはあいいながら、何とか襲撃をかわして逃げてきたころには、夜も少ししらんできていた。雨もいつの間にか降り止んでいる。隊列は、すでにちりぢりになっている。襲撃は、何も銃ばかりではなかった。満州鎌、槍、角材、何でもが凶器になった。何人が殺されたのか、よく分からない。一行は、混乱のなかをただひたすら逃げ惑った。幸いなことに、清と安蔵が命からがら脱出してきた。ほかには野原団長の奥さん、石原さんからたのまれた二人の女の子など、全部で四十人くらいである。

「日本人か――⁉」

　低く押し殺したような声がした。一瞬ぎくりとする。文枝の鼻先に、声がしたのと同時ににゅうっと黒い銃身が突きだされた。しまった、これで最後かと思う。開き直ったような気持ちであった。

「ああ日本人だ、撃つなら撃ってみろ」

　そう大きな声で、文枝が叫んだ。すると、それまで木の陰に隠れていた人たちが、その声で安心しろ我々も日本人だ、といって姿を現したのである。そのなかに昌雄がいた。文枝は、自分の目を疑ったがまちがいなく夫であった。彼は生きていたのである。

「お父ちゃん――」

　思わずそういったっきり、文枝は無事な姿の夫を前にして、ただ絶句する以外なかった。姿を見せたのは、斬りこみで生き残った三人の男性であった。野原団長の姿は見当らない。団長の奥さんは、昌雄から団長の死亡をきかされ、信じられないというような顔をした。立派な最後でした――。昌雄のその言葉だけが、奥さんの尊厳を救ったといってもよかった。

わずか一日前、百九十三人で出発した神武屯開拓団の一行は、この二十四時間のあいだにほぼ八割の人員を消耗させていた。行くあてもなく、山野をさすらう以外に術のなかった彼らは、食べるべき食物も安心して眠るべき寝床もなかった。そこにあったのは、救いようのない絶望と、あっという間にわが子を、父を、母を失ってしまった、という信じられがたい事実だけである。広大な原野には、もはや自分たちの身を守ってくれるものは何もない。そのときになってはじめて彼らは、自分たちが敵陣深くとり残されたことを知らされるはめになったのであった。生還を期すべき根拠は何もない。だが、残された四十人の人たちは、亡くなった団長に代わって昌雄を中心として、必死に敵中からの脱出を図ろうとしていた。たとえ、それが、自分たちの自滅への道をたどるものであったとしても。

Ⅱ　罪障の流砂

昭和二十五年。博多、春。

山西明夫は、普通の小学生に比べて、どこか違っていた。それは彼が今年、神山小学校に新しく入学してきて以来、担任の本郷正子にはすぐに気づかれていたことである。山西明夫のどこが違っていたかといって、彼女の眼にはとりわけ入学仕立てから明夫がほとんど友だちというものをつくらずに、皆の遊びの輪からひとりだけぽつねんとし、どうしてもそれに加わろうとしない点に担任としてどうにも引っかかる影を与えられたのだった。むろん、入学仕立てのころはどうしたって急激な環境の変化に、なかなか順応することのできない子どもが、なかには現れることのあるのは半ば経験上しようのないことといってもよかったのだが、明夫の場合は、それとはかなり異なった様相を帯び、最初から彼のテリトリーに環境が染まってくるのを拒絶するような、倨傲《きょごう》さが見えるような気がふと正子はしたのである。しかもそれは、入学してからの日数がかなりたち、ほとんどの子どもたちがそれなりに学校での生活のリズムを獲得していってからでも、すんぶん変わりはなかった。子どもらしい溌剌《はつらつ》としたところがなく、何かしら陰にこもったところの見えるのは、奔放不羈《ほんぽうふき》な子どもたちを見慣れた彼女にとってはほとんど異様なものにもうつった。

本郷正子が一度、明夫の家庭を訪れてみなければいけないと思い立ったのは、こうした経緯が間接に彼女の職責感を触発したのはむろんのことだったが、直接には明夫が無届けのままに二日も学校を休んだことによるものだった。ゆくゆくは公式の家庭訪問が設定されていないでもなかったが、しかし明夫の異様さを知る上で何らかの手がかりを得ることができるならむしろ一日でも早く家庭と接触しておく必要があろうと思い成した。明夫の身上書に記されたおぼつかない略図をたよりに、正子はある日の夕方、勤務の帰りに明夫の家にたち寄ってみた。そこはごみごみとした、いわゆる中小の工場区と呼ばれるところで、明夫の家は周囲を板金工場やら機械工場やらにおおいかぶされるようにして、その一隅にあった。この辺りは、五時をすぎても残業の故にか、まだうるさく、機械の回転が止まっていない。その息苦しい音に慣れぬ正子は、思わず不快感に眉をひそめた。

明夫の家は、不潔な印象を彼女に与えた。埃を一杯にかぶって、全体が黒とも赤ともつかぬ色に変化し、それがごちゃごちゃとした無秩序さのなかで、さらにひときわ無秩序さを際だたせている。まさにそういった感じを正子は受けたのだった。家のなかへ入る前から、彼女はうっとうしさが自然に頭をもたげるのを感じた。

「ごめんください――」

正子の声が、家のなかのかび臭さを震わせた。しばらくしてから、襖《ふすま》の向こうに人の気配めいたものを正子は感じた。

「へェ、どなたさんでございましょう」

出てきたのは、七十がらみの老婆だった。目をひっきりなしにしょぼつかせている。背丈といえば、正子の胸ほどもなかった。

「はい、突然でどうも失礼を申しあげます。私、明夫君の担任で、本郷正子と……」

「アレ、先生様でございますか。これはこれは、どうも御苦労様でございます。いつも明夫がお世話になって……」

通された部屋は、ぷうんとくすんだ臭いが鼻を突いた。外からの光はほとんどさえぎられて、いましがたもその明るさに慣れた正子の目には、いかにも暗かった。

「さっそくでございますけれど、明夫君がもう三日も学校を休んでおられますので、いったいどうしたものやらと思いましてこうしておうかがいしたようなわけで……。御病気か何かを？」

「いえ、そんなんじゃないんでございますよ。御心配をおかけ申しました。じつは――」

老婆は、一呼吸を置いた。

「じつは、お爺さんの病気のせいでございましての。私が病院のほうにつきっ切りでおりますものですから、明坊には毎日家のほうの留守番をたのんでおりましたのです。先生にはお知らせしとかなきゃならん、ならんと思いながら、ついつい耄碌婆《もうろくばばあ》ァのことですから、忘れてしもうてえらい迷惑なことをしてしまいました」

「そうしますと、失礼ではございますが明夫君の御両親は――」

「ええ、それが明坊も不便《ふびん》な子でございましてな。もうそろそろ五年になりますでしょうか。じつは、事故でございましてな、終戦のどさくさでございました。わたくしども、外地から引き揚げるときに二人いっぺんに、でございました。この子ばかりが、そのときに運よくかすり傷もしないで助かったというわけでございましてな」

「まあ、そうでしたの。知りませんでした」

本郷正子の頭には、明夫の生活環境が少しずつ浮き彫りにされてくるようにも思われた。たしかにその間には仏壇がしつらえられ、二つの小さな位牌が並べてあって、何かそこばかりがこの家ではひとしお垢抜けて際だつかのようにも正子の目にはうつった。

「両親がこうしていませんものですから、何とか寂しい目だきゃ会わしとうない思うて、わたしらも大分気い使うてやってるつもりなんでございますが……。どうしたって、ほんとうの親のようには参りませんでな……」

老婆は、背をまるめてそのとき不意と寂しそうに笑った。

「ああ、そうそう、せっかくでございますから、明坊を呼んで参りましょうか。先生がいらっしてくだすったんですから……」

「そうでございますね。一目顔を見て、わたしも元気だということを確かめたいと思ってましたの」

「いつも、この時刻には河原のほうに遊びに行ってますんです。なにしろここからはつい目と鼻の先で、子どもたちにはとにかくいい遊び場なんでございますの」

「はあ、そうですか。でしたら、ちょうどよろしゅうございます。そこまでわたしもごいっしょしますわ……」

工場区の裏手を、細い川が、落ちこんだ日の残滓《ざんし》を浴びて血の色を成して流れていた。しかし、その鮮かさの反面、近づいていくにつれその色彩はむしろ赤黒く、腐臭さえ漂って、川がけっして澄明なものではないことを示していた。河原には、たしかに老婆のいうように数人の子どもたちが大きな声を辺りに響《とよも》しながら暮れなずんだいまもひとしきり遊んでいる。が、そのなかには山西明夫の姿は見えず、そこから数間《けん》ばかり離れたところに、まるでそこばかりは風のそよぎも吹きわたらぬかのように、明夫がうずくまってひとりで何ごとかじっと熱中している姿に正子の視線は行き当たった。遠目にも明夫が二度三度、右手を振りあげ力まかせに何かをがしっ、がしっと音をたてて打ちつけているのが認められる。

「明夫――」

老婆が、近づいていって、そう呼びかけた。しかし明夫は、完全にそれに打ちこんで、老婆の声にはぜんぜん振り向きさえもしない。老婆は、それでよぽよぽと明夫のところまで寄っていって、改めて声をかけようとした刹那、思わずひえっとかいうふうな突っぴょうしもない声をあげたから、正子も驚いてあわてて駈けていったところ、ほかでもない、明夫がその両の手をぬるりとした朱色に染めて、無表情のまま黙ってこちらのほうを見あげているのだった。

何とはない生臭い異臭の漂いに、正子がふいとその足元に目をやるや、そこには何匹とも知れぬこまごまに引き裂かれた鼠の死屍《しし》が、赤い染みをアラベスク模様のように延べて、ねっとりとした断端を彩かなばかり、正子たちにひけらかしているのであった。正子は、思わずそのあまりの不快さに、留まった口腟の唾液を、無意識のうちに吐きださないではいられないような気持ちにさせられた。といって、もとよりその明夫の表情に、そうした正子に相応じるに足るほどの変化の、わずかばかりもあったわけではなかった。

明夫は、寝床に入ると、老婆の念仏が聞こえてくるよりも先にはやく眠りに入ろうといつも思う。老婆は、毎晩眠りにつく前に、腹の底から絞りあげるような低い声でぶつぶつと念仏を唱えている。それは明夫にとって、つねに恐ろしい響きをもって聞こえてくる。いまにも全身を引きちぎられるように感じることさえある。その念仏に籠《こ》められる老婆の力が、明夫にとっては恐ろしくてたまらない。しかし、いつもそうしてはやく寝入ろうとすればするほど、逆にさえざえと覚醒してしまう。結局、毎晩のように念仏を聞く。真っ暗ななかで老婆の凄まじい念仏ばかりが動いている。やがてそれは明夫の周りに蟠《わだかま》るようによどむ。まるで生きもののように。明夫には、それはいつも大きな鼠の大群のように思われる。彼は身をすくまして、その動きに注意を注ぐことを常とした。鼠が敏捷に身を運ぶ。そして、いっせいに白々とした牙をむいて、彼めがけて襲ってくるようにも思われる。彼は、何とか逃れようとして懸命に駈ける。が、両の足はいたずらに空転するばかりだ。つゆも前に進まない。そのうち、鼠に追いつかれてしまって、その黒褐色の剛毛が彼の皮膚を刺激しはじめる。たちどころに彼の全身は鼠に埋めつくされてしまい、特有の生臭さが鼻を打つ。牙が皮膚を食い破りはじめた。明夫は手づかみで鼠の頭を握りつぶす。指の間から脳漿《のうしょう》がしたって、一瞬ぬるりとしたものを覚える。しかし、つぎからつぎにと鼠はのしかかり、明夫の抵抗もしだいに弱まっていくかのようだった。顔一面をどっぷりとおおわれてしまった。たちどころに呼吸が苦しくなる。眼球がえぐられる。全身に激烈な痛みが走った。嗚呼《ああ》、と一瞬声にもならぬ声をあげる。

「明夫、これ明夫。どないしたんじゃ。え、大丈夫か?」

遠いところから老婆の声が聞こえてくる。明夫は、その声ではっとして目をさました。顔中に汗の粒を浮きたたせている。しかし、もはや鼠はいない。

「かわいそうに、夢にうなされたりして、ほれ、こんなに汗をかいて、えらいことじゃったな。——よし、よし、婆ァが抱いてやるわ。そうすれば、もう怖い夢も見ないようになるからな。さあ、こっちのほうへ来い」

明夫は、いわれるとおり転がるようにして老婆の布団のなかにもぐりこんだ。老婆の臭いがふんぷんに臭う。明夫は、それがいつもの臭いにまちがいないことを確かめて、ようやく安心する。しかし、それはむしろ死臭にも近いものだった。


翌日から明夫は登校してきた。その不気味なくらいの無口さには変わりがない。しかし、ちょっとした異変も起こった。むしろ、おしゃまでお転婆の陽子が、逆のタイプの明夫に興味を示しているのに正子は気がついたのである。しきりに話しかけようとしている。正子は、陽子のそうした生来の明るさが、鍵のかけられた明夫の心に、何らか影響の及ぼされることを期待した。

夏休みが、もう間近かだった。その長期休暇の前に、生徒たちは班をつくって、大掃除をおこなう。明夫は、陽子といっしょにガラス拭きの班だ。白い布ではあはあ息を吹きかけながら、ごしごしとこする。じきに汗がぽたぽたと落ちる。陽子は、いつもどおり賑かだ。きゃあきゃあと、はしゃぎながら仕事をおこなう。明夫は、黙々と几帳面にガラスを拭いている。陽と陰。相克の断端は、彩かなばかりであった。明夫は、黙りこくって空ろな眼をすることがある。その日も、賑かな陽子の声は暖簾《のれん》に腕押しか、七歳の少年の表情にしては、いかにも哀しさが感じられる。頭のなかに、いつもどんよりとした痛みが走るのだ。その痛みが、明夫の感情を閉塞させる。じっと我慢するよりない。明夫の体に重くのしかかって、全身を鷲づかみにする何ものかがたしかに存在するのだから……。

「せんせーい！　やまにしくんが……。やまにしくんが、たいへんです」

「え？」

教師の正子は、一瞬微かな不安を感じさせられた。息急き切って報告する生徒の表情に心なし尋常ならぬものを感じとったからである。

「どうしたの⁉」

「やまにしくんが、ようこちゃんをネ、たたいたんです——。ようこちゃん、ないてる」

「まあ」

正子は、思わず舌打ちせざるをえなかった。

陽子は、突然顔を叩かれた反動で、すってんころりんと尻もちをついてしまった。にじみでた鼻血が、白いブラウスをわずかばかり朱に染めていた。泣きじゃくる陽子の慟哭が、あたりの森閑《しんかん》さを払っていた。

「どうしたの……。どうしてこんなこと、したの？」

明夫は、いかにも表情のない顔をしていた。蝋人形のように突ったっているばかりなのだ。黙りこくって、相変わらずのことに空ろな目をしている。

「ようこちゃん、なにもしてないのにネ、あきおちゃんが、こんなしていきなりたたいたんです。あきおちゃんのほうが、ぜったいわるいんです」

批難は明夫に集中していた。しかし明夫は、超然として体を二、三度わずかふるわせただけであった。

「あきおちゃん――。先生に教えてちょうだい。わけを、どうして叩いたりなんかしたの――」

できるだけおだやかに話したつもりだった。明夫の顔に、反応が表われるのを待つしかない。しかし、そうしてまじまじと見つめる正子の視線も、明夫の眼底に収束されて、霧散に朽ち果てるのが手にとるように分かる。壁だ、壁があるんだわ。正子は覚《さと》らされる。何千里も離れたところで話してるような、輪郭の不明さをひとしお感じさせられるばかりなのだ。

「ええ、いいわ。明夫ちゃん。だったら話してくれるまで先生も待つわ。そうね……、話す気になるまで、仕方がない、廊下にたってらっしゃい」

――そして、もはや夕刻である。夕日が紅く校舎を燃やしているのに、明夫は全身を血の色に染めて凝然としたままである。その紅色と夕闇の薄墨が交錯するとき、明夫はつとに不思議な叫び声を聞いたような気がした。長い余韻を気味悪く残して、森閑とした周囲に鈍くこだまするのだ。すり切れたようなか細い声だ。たしかに人の声のようである。とぎれとぎれに伝わってくる音の波に、明夫の不安がふっとかきたてられる。何時間たちつくしたのか。もとより、彼をおいてほかにいようはずもない。恐ろしさが、身をすくましていた。しかし、おそるおそる耳も澄ましているのだ。どこから聞こえてくるのか。むろん見当もつかない。哀しい声だった。しかし、しぼりだすような声だ。一瞬のようでもあり、無明の長夜のようでもある。――大きな列車が、一瞬彼の眼前を襲った。とてつもない鉄の塊りである。驀進《ばくしん》するエネルギーは、何ものも止めようがないかのようだ。その巨大な塊りが、彼の体をおおうように押しつぶす。――窒息して死んでしまいそうだ。……嗚呼……。かの底のほうからしぼりあげるような声が、そのとたん、途方もなく大きな悲鳴に一瞬変わるのを明夫ははっきり耳にした。彩やかなほどの悲鳴の残滓が、明夫の体のなかを駆けめぐる。

「明夫ちゃん……、明夫ちゃん……」

本郷正子が、廊下に立たせたはずの明夫のところに再び戻ったのは、まもなく五時間を経過しようというときであった。正子も少し意地になって、随分と辛抱して明夫が職員室へやってくるのをひたすら待ったものだ。そしていま、みごとに自分の期待が裏切られたのを知らされる羽目になった。――明夫は、廊下にうずくまるようにして、そのとき眠っていたのだ。眠りに落ちた明夫の顔には、大粒の汗が浮きたつように浮かんでいる。ハンカチでその汗を拭ってやりながら、正子は無量な哀しさを明夫から感じとるばかりであった。

本郷正子は、明夫とそうして薄暮の夜道を辿《たど》りながら、思いつくままに勝手に言葉をつないでいた。もはや明夫が口を開かない以上、詮索することは止めにしたのだ。そのかわり、いろいろなことを話すことによって、明夫の表情に少しでも変化の表われるのを、気長く待つことにしたのだ。初夏の夜道に、二つの影の隈取り。——七時ごろだったろう。四辺は、夕餉《ゆうげ》の匂いが充満している。明夫のおなかがとたんにきゅうっと鳴った。それを聞きつけて、正子は思わず表情が緩んでしまった。しかし、こうも思うのだ。この子は、おなかが空《す》いているのに、どうしておなかが空いたといわないいんだろう。毅然とさえしている。明夫の気持ちの奈辺にあるかは、測りがたいことである。

二人は、そのうちに細い路地を通り、だらだらとした坂を上ってもう一息で明夫の家に届くところまでやってきた。この辺りは、さすがに人影も途絶えて見まわすだに寂しいところである。前方の踏切りを越えて、砂利道《じゃりみち》を越えたら、そこはすぐ明夫の家なのだ。正子と明夫が、そのまま踏切りを通りすぎようとしたときであった。

とたんに踏切りの警報機の、あのカンカンという音が鳴りはじめたのである。つづいてスーッと遮断機が下りてくる。列車がまもなくやってくる……。正子にとっては見なれた光景である。少し体を後ずさって、遮断機の手前で列車が通りすぎるのを待つ。——日常的な出来事だったかもしれない。明夫も、正子の傍らに立って、列車の通りすぎるのを待った。間断なく鳴る警報機の音は、何か気持ちを惑乱させるに足るように思われる。鼓膜をふるわせるその音を聞いているうちに、やがて重々しい列車がやってくる音が重なって、しだいにつんざくような音に変わる。車輪がレールを軋ませる。思わず眩暈《めまい》を感じるような一瞬の恐怖が走る。目の前をゴォーッという咆哮を残して疾風のように列車が通りすぎる。……明夫のちょっとした変化に気づいたのは、そんなときであった。正子は、明夫の表情がいままで以上に色をなくしているのに気がついたのである。逆に空《うつ》ろさはひとしお色を濃くしている。凝然とした視線は、まるでストロボライトを眺めるように動くことがないのだ。意識さえ明白ではないかのようである。いや、実際、明夫のそれからの行動は、じつに奇妙としかいいようがなかったのだ。夢遊病者のように、まだ遮断機がおりたままの踏切りに近づいていって、二〜三度レールのあたりを撫でまわしたのだ。そして辺りをうかがうように眺め、得心したようにまたレールを撫でこする。そんな動作を二、三度繰り返したのだった。まるで正子には、いましも通りすぎた列車の、熱のぬくもりを明夫が確かめているようにも感じられた。しかし、そのとき明夫の頭のなかには、逼塞《ひっそく》したようなか細い悲鳴が、はっきりと聞こえていたのである。間遠い響きのなかに、長い余韻を残して……不幸に続くように。――その奇妙な動作は、二分ばかりで急に呪縛から解かれたように止んだ。正子にとっては不思議な現象であった。そして明夫は、再び何事もなかったかのように、明夫に戻ったのである。

「さっきは、明夫ちゃんどうかしてたみたい」

明夫の家のあがり框《がまち》に腰をおろし、正子は老婆に今日一日の出来事を話したついで、踏切りでの一件も報告した。

「そうでございますか、明夫が……」

老婆はちょっと絶句し、そして薄く目の端に涙を光らせた。正子には意外な光景であった。

「この子には、重たすぎる運命の足かせでございましょうの。この子にとっては、神も仏もないような、非道な生活でございましたのじゃから」

老婆の目の端の涙が、一雫の玉となって落ちた。

「わたくしども、先生には詳しう申しあげておりませなんだが、今度の戦争じゃ、引き揚げて来るときゃ、そりゃ地獄を見るような、酷い目に会いましたんじゃ。わたくしども、戦争のときは北満（満州北部）の勃利《ぼつり》っていうところにおりましたんじゃが、戦争に負けてロシア人が、わたくしどもを殺しにやってくるって申します。もう兵隊さんなんか、どこを向いてもおりゃしません。とるものもとりあえず逃げるばかりでございましたよ。わたくしども、最初はそうでございます、全部で二百人ばかりでございましたでしょうかしら、なかには明夫のようによう歩けるくらいの子どもも何人もおりましたんじゃ。こんな子を皆おぶって歩くわけですから、一日に歩く距離なんてたかが知れとります。それでも何とか新京（旧満州国の首都）まで辿りつきさえすりゃ何とかなると思っとりました。匪賊《ひぞく》にも何回も会いました。みんなで力をあわせりゃ、何とかなると、そう思っとったんでございます。でも、わたくしどもは戦争に負けたんでございます。勢いが違っとりました。小さい子どもから死んでゆくんでございますよ。匪賊に襲われて、仕方なく置き去りにした子も何人もおりました。いまでも泣き声が、耳にこびりついておりますよ。仕方がなかったんでございます。そんな風にして、小さい子からひとり減り、二人減りしていきました。匪賊ばかりじゃありません。夜になると、今度は狼が群れになって襲って参りました。牙を向いて、食べるものもよう食べとらん子どもを襲うんでございますよ。大人たちにゃ、狼を追い払う力はもうございません。みすみす、何人もの小さな子どもが、大人の目の前で狼の群れに食べられてしもうたんでございます。無念でございました。どれほど歯ぎしりしたことか。周囲は、草の木の一本までが、わたくしどもにそりゃ牙を向いとるようでございました。新京に向こうとるという確信も、こんな風でございますからおぼつかないものになってきよりました。明夫の父親、ええ、わたくしの息子でございますよ、いい息子でございました。これがそのとき皆を励ましよりました。若い者はたいていわたくしどもの盾になって、ようやってくれたんです。昼は声を潜めとって、夜歩くという風にしておりました。一カ月ばかりかかりましたでしょうかな、やっと鉄道が見えるところにまでやって参りましたんじゃ。このときは、一同ホッと胸をなでおろしたもんです。これを辿って行けば、新京に行ける、そう思ったんでございますよ。新京にゃ、まだ兵隊さんがごっそりおってわたくしどもを救ってくれる。そうも思ったもんです。明夫は、母親に背負われて無心なもんでございました。あれは……そうでございます、その日が明夫の二つの誕生日という日でございました。忘れもしません。親切な中国人から、ミルクを少し分けてもらいました。この一月、稗汁《ひえじる》ばかりを飲ませておったんで、せめてもの両親の心づくしだったんでございましょう。父親は、ちゅうちゅうやって吸っとる明夫の顔を、飽きずにいつまでもそのとき眺めとりました。母親は、明夫をしっかり抱いとりました。おそらく明夫は、そのときのことはよう覚えとるんじゃないでしょうか。なにしろ、この世で両親の暖か味を感じた、それが最後の瞬間なんでございますからな——。明夫が、ちょうど——二つの誕生日のことじゃったのでございますよ」

一気に語り継いだ老婆は、そこでぐうっと言葉を飲みこんだ。そして——。

「ええ、両親はその日に亡くなったんでございます。事故じゃった。事故じゃと思わねば、心が痛むのでございますよ。その日はわたくしども、針貝駅《しんかい》までたどりついておりました。貨車のなかにもぐりこんでおった。暑い日でございました。人数は十分の一になっておりました。残った者とて、満足な体の者はおりません。貨車のなかはカッとするほど暑うございました。苛だってもおったんでございましょう。すると、外のほうが何だかあわただしくなって参ったんでございます。貨車のなかが、一気に殺気だつのが分かるほどでございました。やがて大勢の人の話し声が、戸一枚隔てて聞こえるようになったんでございます。驚きました。目と鼻の先に、あのロシア兵がたくさんおったんでございますから。殺される。一瞬皆息を飲んで、死んだように身動きせずにおりました。暗い貨車のなかで、人の息だけが、動いとりました。災いがはやく通りすぎるのだけを、念じておったのです。そのときでございました。明夫が、熱さに我慢しきれなくなったもんでございましょうの、大きな声で思うがさま泣きはじめたのでございますよ。子どもでございます。まして二つになったばかりでございます。泣くのが当たり前なのでございます。でも、そのときばかりは違うておりました。泣き声を聞きつけられて、戸を開けられたら地獄でございます。少なくとも皆そう思うておった。非道でございます。明夫を黙らせるか、ロシア兵に殺されるか。皆の目は、明夫の泣き声にようよう気色ばんでおりました。殺せ。そういうとるようでした。ロシア兵が、戸をドンドン叩きはじめたのでございます。気づかれた⁉　そのときでございますよ。明夫の父親が、反対側の戸を開けて渾身の力で駈けていったのは。一瞬のことでございました。最初は呆気にとられました。でも、つぎの瞬間ロシア兵たちがバタバタと脱兎のように追いかけて行くのが分かりました。父親の最後の命の数秒に、皆固唾を飲むよりありませんでした。大きな声が聞こえました。父親の声でございます。渇いた空気のなかをくるくる回るように、声が遠のいて機関銃の音がその後を追いかけて行きました。貨車が動きはじめたのは、そのときでございましたよ。わたしの息子に注意が向こうとるわずかなすきに、汽車が動きはじめたもんでございましょう。息子の気持ちが通じたもんでございましょう。ロシア兵たちが、わたくしどもにあわてて気づいたときには、もう汽車はいい速さになっておったのです。ロシア兵たちが、ちらりと見えました。すると、つぎの瞬間でございました。一発こちらに鉄砲を撃ってきよったんです。貨車のなかでその弾が、おそろしい速さではねてまわったのでございます。明夫の母親の頭でございました。アッと思うまもなく、弾が当たったのでございます。母親は、明夫を抱いたままでございました。ゆっくりしゃがみこむように倒れたのでございます。真っ赤な血でございました。ポタポタ明夫の体に落ちたのでございます」

老婆は、深い溜息をひとつついた。

「これも、戦争でございましょう。息絶えた母親の死に骸を、そのときは汽車から放りだすよりなかったのでございますよ。明夫が、どんな気持ちであったのか。この老婆には、そのことだけは恐ろしうて考えることなどできんのでございます。汽車は、そのまま一昼夜走りつづけました。最後は奉天でございました。そこでわたくしども八路《パーロ》に捕まって、しばらくして日本に帰ることができたのでございます。最後は、五人でございました。身も心もすり減らした結果でございました」

正子は、言葉を挟む余地を見出せなかった。と、そのときであった。奥の間から、明夫がお念仏をあげる声が聞こえてきた。幼い声にはいかにも不釣合いである。

「明夫にとりましては、わたくしのお念仏が子守唄がわりでございました。無念でございましたでしょう。死んだ父と母の分も、お念仏のなかにとなえこんでおりますのじゃ」

そして老婆はちょっと息をついでから、

「わたくしのお念仏は、怨みでございます——」

と、そういった。

この家のかび臭さと、不釣り合いに大きな仏壇のきらびやかさが、そのとき一致したものだということに正子は気がつかされたのである。五年前の際限のない不幸が、形を損うことなくこの家では維持されている。戦争という不幸が、状況が変化するのを拒みつづけている。明夫のなかにそのもっとも顕著なものを、正子は感じるのである。精神は、発達することを停止してしまった。悲惨な状況を経験した明夫のなかでは、消去されるべき過去が消去されない。さりとて、新しい課題も引き受けられない。状況のもつ未来への生成と、過去の消去という生命的な流れが、不安によってせき止められてしまっている。不安による状況硬化。明夫の暗黒の世界が、正子には少し見えた、とそのとき思った。

「今年もまた、夏がめぐってまいりましたなァ」

老婆が、感慨深げにそう呟く。

「ええ」

そう正子が答えた。

周囲は静かだった。めぐる夏には変わりがない。むせかえるような陽射しと目に染むばかりの緑が、目に痛いことだろう。そこには、不幸のかけらの一片さえもないかのようだ。しかし、明夫の小さな肩には、大きすぎる悲しみが艶然とほほえんでいる。その悲しみをいつの日かとり払うのは、自分たちの義務だ、そう正子は思うのである。

——明夫の七歳の誕生日。今年ももう間近であった。

（了）

長良川

I

父が死んだ。肝癌だった。助からない命ではあった。六ヵ月の間、栄養失調のために小さく縮んだ体を病院のベッドに横たえて、父はよく病魔と戦った。病勢の悪化は急激で、二日ほど苦しんだあと最後は寝入るように息を引きとった。その六十八年の最後の間際にふっと父は空ろな目を開けて『玲子……、ありがとう』と、かすかな声で呟いた。

葬式も終わった。がらんとした父の質素なアパートの一室にじっと座っていると、部屋のなかほどまで陽が射しこんで、いまにも父の匂いがするような錯覚に襲われる。父はこの八年間、この部屋でひとりきりの生活を送っていた。岐阜にはわたしの夫と小学生の娘が住んでいる。何回もいっしょに住むように、父にこの五年間提案はしてみた。しかしそのたびに父は固辞する。お前たちの生活を壊したくないからというのである。

わたしは、十年前いまの夫と結ばれた。三十をすぎての遅い結婚である。わたしたち親子には最初から母と呼ぶべき人がいない。わたしが結婚を躊躇《ためら》ったのも、父をひとり残さねばならないという事情がたしかにあったからだった。しかし父の態度はわたしの予想を裏切った。結婚が決まったとき、父は待ち兼ねたように笑ってくれた。

「お母さんが、お前の花嫁姿を見たらきっと泣くだろうね……」

母はわたしを産んだあと外地で亡くなった、と聞かされた。しかし父はそれ以上母がどんな風に亡くなったのか、しかもどこで亡くなったのかさえ詳しく語ろうとはしなかった。わずかに命日が二月三日と知らされているばかりであった。

この六畳二間の小体《こてい》のアパートの部屋には、父が命よりも大事にしていた黒檀の仏壇が主もなく残されている。毎日厳謹にお勤めを果たす父の姿は、娘時代のわたしの父のイメージそのものであった。小さな印刷工場の活版工としての給与など、いまから思えばわずかなものだったに違いないのだ。しかし父は我がままとしかいいようがないわたしの要求に、一度も頭を横に振ったことはなかった。わたしはそれが当たり前のように、父の気持ちを顧慮することなどいつの日からか忘れてしまっていた。

わたしは昭和三十六年、大学に進学した。しかし考えてみればその当時わたしが大学に進学できる余裕など我が家には元々なかったはずなのだ。しかしどこからか父は金を工面してきて、何もいわずにそっとわたしに渡してくれた。

「玲子には、わしは何もしてあげられん。贅沢もさせてあげられん。世間並みというのにもまだ足らん。しかし、教育だけはしっかり身につけてもらいたいのだ」

わたしが父の過去について少し考えさせられるようになったのは、大学へ進学して、ある出来事が起こってからのことだった。その日は、父は勤務で、わたしはゼミが早く終わったのでひとりで自宅にいた。わたしの自宅を訪れたその初老の男は、名刺を差しだし引揚者団体全国連合会九州支部参与、山本と名を名乗った。わけが分からずに突っ立っているわたしに、

「今度政府に対し、在外私有財産補償請求運動を全連として起こすことになりまして、その件についてお父上の御署名を頂戴しに参ったのでございますが……。御留守ならば、また後ほどお伺い致すことにしましょう」

父は、その名刺を見るや途端に顔面が蒼白になってしまった。

「何かいったか?!」

「いいや、補償がどうだとかよく分からなかった」

「他には何もいわなかったね」

「うん、どうして」

その夜遅くのことだ。ふっと目覚めたわたしは、父がぶつぶつと押し殺したような声で電話をかけているのを目にした。途切れ途切れに話しの内容が伝わってくる。

満州……、引き揚げ……、藤田大佐……、玲子……、わたし……、ツウカ……、処刑された日本人……、二月三日……。ツウカ?! ツウカって何のことだ。それに二月三日だって、わたしの母の命日じゃないか。満州?! わたしの母の亡くなった外地というのは、ひょっとしたら満州じゃないのか。わたしは思わず父の断片的な話しを繋ぎ合わせ、母との繋がりの糸口を見出したようなかすかな興奮を覚えさせられた。母との繋がりを辿ることは、父の過去について知ることでもある。何か得体のしれない秘密の鍵を、その日わたしは父の態度から与えられたような気がした。

　昭和三十八年。「引揚者の在外資産等は三十二年に成立した立ち上がり資金によって処理済みである」という、黒金官房長官談話がいっせいに新聞のトップを飾っていた。その紙面の片隅に引揚者全連九州支部山本正昭氏（!!）の話として、引揚者援護切り捨てには断固反対するというコメントが掲載されていた。ああ、いつか訪ねてきたあの山本さんだなと思う。国策に駆られ満州の土となった八万の同胞を政府は無視するな、と述べられてあった。満州……。その満州にかつて父はいたのだろうか。いたとすればなぜいままでそのことを話してくれようとしないのだろうか。わたしは、わたしの過去に繋がるかもしれない満州のことを、そのときもっともっと知りたかった。

　父はムッとしたような顔をした。

「山本さんて、以前ここを訪ねてきたあの山本さんのことよ。覚えているでしょう」

「いや」

　父は手酌の酒をつぐ手をちょっと止めただけであった。四十八歳になった父の眉間の皺が、きゅっと深く刻まれた。

「満州から引き揚げてきた人の補償がどうとかこうとか……。この人わざわざお父さんの署名を集めにきたくらいだから、ひょっとしたらお父さんも満州にいたことがあるわけね……」

「どうしてそんなことを気にする」

「だって親の歴史は子の歴史というもの、気にするなといっても気になるわ。それに……」

「それに、何だ」

「それに、お母さんのことだって……。わたし、よく知らないんだもの」

「うん」

父の表情が途端に曇ってしまった。いままでもそうなのだ。母の話になると、いつも父は貝のように固く口を閉ざしてしまうのである。

「わたしももう子どもじゃないのよ。お母さんのことを知る権利だってあるはずよ」

「お母さんはりっぱな人だった。しかし、お前を産んで間もなく亡くなった。

それはお前も知っているはずのことだ」

「どこで、どんな風にして――」

「……それを聞いてどうするんだ」

父の顔には困惑の表情がありありと浮かんでいた。父を困らせようなんてもとより思わない。ただわたしは、わたしに繋がる真実について知りたかっただけのことだ。しかし、父の当惑した表情を目にすると、いつももうこれ以上は聞いてはいけないことなんだと自分で自分を制してしまう。

「お父さん、満州にいたの――。それだけは教えてください」

「――ああ、いたことはある」

「そしてそこで私が生まれた」

「……そうだ。そこでお前が生まれたんだ」

嗚呼《ああ》、やっぱり満州だったのだ。父の口を突いて出た言葉に、わたしは遠い自分の過去に繋がる地平を見出したような気になった。しかし、手酌で飲むうちにいつの間にか酒量がふえてしまっている。

「いつか――」

父がぽつりと口を開いた。

「いつかお前にもお母さんのことについて話すときが来るかもしれない。満州での生活がどんなものだったのか……。戦争に負けた満州の冬が、どれほど辛いものだったか。玲子……、でもいまはお父さんには満州のことを話すのはとっても耐えられることじゃない。どうか分かってくれ」

満州――。その満州でいったい何があったというのか。戦争……。その戦争が父の心のなかに何を残したというのか。十八年を経て、わたしの前にあるものは過去を引きずったような父の苦しげな顔だけである。その苦しさが何を表すのか、すべての事実は沈黙しきったままであった。

Ⅱ

ドドーンと大きな花火が打ちあげられた。満開の極彩色の光の輪が真っ暗な長良川の川面をぱっと真昼のように照らしだした。花火があがるたびに、ウワーッというような喚声が見物人のなかからあがる。

昭和五十年。夏、岐阜——。わたしはこの年ついに父の手元から離れた。結婚後、心密かに恐れていた夫の転勤がとうとう現実のものとなったのである。結婚して丸二年が経過していた……。しかも、その前の年に父は二十数年間勤めあげた印刷会社を定年で退職していた。父が孤独になるのは火を見るより明らかである。だからわたしは、父をひとりにさせてはならない、楽をさせてやるのだと自分なりに意気込んでいた矢先の出来事であった。父の元を去るのは辛いことである。しかし父は、またしてもにっこり笑ってくれたのである。二年前のわたしの結婚のときと同じ表情で私を送りだしてくれた……。わたしには夫がある。しかし残された父には何があるというのか——。

相変わらず仏壇の前に座って毎日のお勤めだけは欠かさない父の後ろ姿には、わたしのためになめつくした辛酸の跡が、くっきりと形を区切って浮かんでいた。

ドドーン……。ドドーンとつぎつぎに花火が打ちあげられていく。主人はうまそうにビールを飲んでいた。不意にわたしは、その音は確かどこかで聞いたことがあるような気になった。どこかで……。遠い音だ。何かが炸裂するような音。人の叫び声、いや泣き声なのかもしれない……。悲鳴のような声がわたしの頭のなかをくるくるとまわった。〈凍結した〉川面、そして爆発音。わたしはじっとりと汗ばんでいた。どこかでたしかにその音とわたしは巡りあっている。どこで……。不幸につづくような不安だけが、一挙にわたしのなかに湧きあがってきた。嗚呼……と、ひきつった大きな悲鳴が聞こえてくる……。

「おい、玲子……。どうしたんだ。こんなに蒼い顔をして――」

はっとしてわたしは、現実に引き戻された。わたしの目の前に夫の怪訝そうな顔があった。

「ううん、ごめんなさい、何でもないの。ちょっと立ち暗みがしただけのことですから……」

つぎつぎに打ちだされる仕かけ花火の音が、わたしの不安を掻き立てたのだけはたしかなことであった。

Ⅲ

「お父さんが、たいへんなことになりました。血を吐かれて倒れなすったんですよ――。急いでこちらのほうにおいでてください」

わたしは、その、父のアパートの管理人からの電話を受けて、一瞬がーんと頭を叩かれたような思いであった。父が倒れた……。あれほど元気だった父が……。たとえそれが本当だとしても、父の予期せぬ不幸が大禍ないものであることをわたしは神に祈った。

とるものもとり敢えず汽車を乗りついで、父の元に駆けつけた。わたしが着いたとき、父は大学病院のベッドの上で昏々と眠りつづけていた。意識がまだ戻らないと聞かされた。父の顔は、蒼白く光っていた。こんなにたくさん父が血を吐いたのは、肝臓がかなり悪いためだと若い主治医から聞かされた。輸血が一番肝腎な治療法だという……。しかしその肝腎なはずの血液が足りないという。あなたの血液もお父さんのために貸していただきたい――と、間髪を入れず医者はいった。父の血液型はO型と聞かされた。一瞬わたしはそれを聞いてアレッと思った。父は日ごろ、自分の血液型はABだといっていたはずだったのだが……。

「自分の血液型が何だか分かりますか?」

「わたしはABだと思います」

「AB⁈」

「ええ」

「間違いない」

「はい、間違いありません。いま、お腹に子供が入ってますので、病院でちゃんと調べていただいたものですから……」

「ABですか……。ABじゃあお父さんにあいませんね。それに、妊娠なさったとられるんでしたら、これはできません」

「え? ええ」

医者は、忙し気に病室から出ていった。病室に二人きりとり残された……。緑色のプラスチック製の酸素マスクが、弱々しげな父の命を支えている。

父はいったい助かるのか。それにもうひとつ、わたしの気持ちを暗澹《あんたん》とさせるものがあった。父は本当の父じゃない――。そう思わざるをえない。O型の親からはAB型の子が生まれるはずがない……。生死の境をさ迷う父の苦衷の表情を見ながら、わたしは何か割りきれない気持ちに襲われるのである。父とわたしが歩んできた人生のなかで、不透明なままに残されていた部分の輪郭が、少しずつ顕わになっていくような気がした。父が酸素マスクの下の口を少し押し開いた。それは、聞きとれないくらいのかすかな声であった。うわ言のように、途切れ途切れに父が呟くのである。

「玲――子、……玲――子」

微弱な呼吸から漏れてくるような、父の呻きであった。父が私を呼んでいる。私のためにあったような父が、意識の底からわたしを呼んでいる。

「お父さん!!　玲子よ、ここにいるわ、しっかりして」

父の肉のそげた手を思わずわたしはしっかり握った。この手が、このか細い手がわたしを支えてくれた。死んじゃいけない、お父さん絶対死んじゃだめだと、わたしは何回も心のなかで叫んでいるのである。たとえ父にどういう事情があったとしても、わたしの気持ちは完全に「肉親」のものだったのだから。

父は一命をとりとめた。結局、父の吐血の原因はアルコールによる肝硬変のためということが分かった。酒が飲めないはずの父であったのに……。わたしなどが思いも及ばないところでは、無量な哀しさを父は感じていたのに違いない。日に日に父の体力が回復していくのが分かる。その顔に張りが戻った。

いつも父は面倒をかけてすまないね、岐阜のほうは放っといて大丈夫なのかい、と同じことを繰り返していった。大丈夫、お父さんがよくなるまではわたしがずうっとつきそっといてあげるからというと、父ははじめてにっこりと笑うのである。ひとりきりの生活……。苦労をかけてしまったな、とわたしは思う。岐阜で暮らすことに父さえ賛成すれば、解決がつく問題であったかもしれない。しかしその父が、いつでも頑なに固辞してしまうのである。なぜ——。それは父だけにしか分からないかすかな心のこだわりであったかもしれない……。

一月で父は退院することができた。そしてまたわたしは、父と別れなければならなかった。別れの日に、駅頭まで父はわたしを見送りにきてくれた。六十を超え大患後の父は、ひときわ心もとなげに見えた。

しかし父は、何かにじっと耐えるように離れていくわたしを見つめているだけであった。まるで、「耐えること」が父の最高の態度価値であるかのように……。


わたしは、最初「それ」に何気なく目を落としていた。しかし思わずはっとして、その新聞の記事に目が釘づけとなってしまった。汽車のなかで前の乗客が読み捨てたものだったのだろう、無造作に折り畳まれた新聞の「旧満州国通化省」と書かれてある文字にわたしの関心が一挙に惹きつけられたのである。それは、尋ね人の欄であった。旧満州製鉄社員の某が、同僚の消息を訊ねるものであったが、何よりわたしの興味を惹きつけたのは、「通化」という言葉であった。

通化↓ツウカ。

そうなのだ、私の頭のなかで十数年前の記憶と通化が結びつけられたのである。十数年前に聞いた父の「ツウカ」という意味不明の電話の声は、旧満州の通化のことに違いないと思われた。わたしはまだこだわっていたのかもしれない。通化には何が眠っているのか。車窓を流れる景色を見ながらわたしは自分の、氷のように閉ざされた過去にふーっとひとつの溜息をつかざるをえなかった。

Ⅳ

父が一度だけ、三年前の夏に岐阜を訪ねてきたことがあった。体のほうが比較的調子がよかったのだろう、五つになった長女に会うためにということで父がはるばる訪ねてきたのであった。何年ぶりかでわたしの主人とも父は会ってくれた。幸福そうな生活に、父は表情を緩めてくれた。

夏の長良川は、川面を渡る穏やかな風がほてった頬を冷やしてくれる。わたしと父は、主人の計らいで鵜飼観覧の屋形船に乗って、久しぶりに親子で差し向かいになった。年ごとに父は弱っていく。せめて一時でも何の楽しみもない父に、細やかな一服の贅を味わってもらいたかった。午後七時をすぎ、鵜飼がはじまる。鵜匠たちの巧みな手捌きで、つぎつぎとうみ鵜たちが川のなかに潜り魚を捕えてくる。篝火《かがりび》に、千古の歴史が浮かびあがった……。

「玲子――」

「え?」

「これを……」

　そういって父が差しだしたのは、黒っぽい服紗に包まれた品であった。

「何ですか」

「位牌だ」

「え?!」

「お前のお父さんのものだ。本当の、ね」

「………」

「わたしは、いままでお前に本当のことを話していなかった……。わたしは、お前の本当の父親じゃないんだよ。その服紗を開いてみなさい、それがお前の本当のお父さんの戒名だ」

　位牌には、薄れかけた墨で「岱仁院釈慈光照治居士」と記してあった。

「お父さんとお母さんが亡くなったのは、昭和二十一年の二月三日のことだ。冷たい日だったよ……。いま思いだしても、ぞっとするほど寒い日だった――」

　思いもかけない父の告白であった。いや、父はこのためにだけやってきたのかもしれない。わたしにも、何か父の態度には予感させられるものがあったのである。赤々とした篝火に父の顔だけがぼうっと浮かんでいた。

「わたしたちは、満州の通化に住んでおった。鴨緑江《おうりょくこう》を越えたら、もう朝鮮に入るようなところだ。お前のお父さんとわたしは、同じ年で実によく気のあう友だちだった。わたしらは二人とも、通化の満州製鉄の社員だったのだ。わたしはひとり者で、お前のお父さんの家にはよく遊びにいっていたものだ。お前は、そう、まだ二つになっていなかった……。戦争に負けてからというもの、満州の日本人の扱いは犬猫以下になってしまった。誰にも明日の命の保証はなくなった。どこかで誰かが殺される。死体が、氷結した渾江《はんこう》に乱暴に投げこまれているのだ。戦争とはいつもそんな風に冷徹で敗者には残酷なものだ……。敗者は、無様《ぶざま》なものだった。最初やってきたのはソ連の兵士たちだったが、あらん限りの掠奪と蛮行を尽くしていった。刃向かうことは許されない。刃向かえば、間違いなく命をとられてしまうからだ。つぎに中国の共産軍がやってきた。敗戦の年の十一月のことだった。しかし事態は同じようなものだった。むしろ治安はもっと悪くなってしまった。街を歩けば中共軍か朝鮮共産軍『李紅光支隊』の兵士と必ずぶつかった。呼び止められたら命の保証はない。とくに朝鮮部隊は、憎しみを顕《あら》わにしておった。県公署に連れこんで、憎しみをぶつけるような激しい拷問をする。日本人の命など、虫ケラ同然の価値しか認めない。毎朝、身ぐるみ剥がされて冷たく凍った死体が、道路に転がされている。戦争の冷たい現実をはっきり見せつけられるのだ。一月三十一日には、通化県の副県長だった日本人の幹部が市内を兵士の手で引きずりまわされ、渾江の河原で寄って集《たか》ってなぶり殺しにされた。長白山脈には、日本軍部隊が潜んどるという噂も広がって、市内には不穏な空気が流れとった。関東軍参謀の藤田という大佐が、地下にもぐって日本人の反共部隊を組織しているという話も伝わってきた――。そして……」

父は、言葉をちょっとおいた。

「――そして、二月三日に日本人の公安局襲撃事件が起こったのだ――。忘れもしない、体の芯から凍えるように冷えこんだ日のことだ。午前一時ごろだった。突然玄関の戸を叩く音がする。いったいこんな夜更けに誰なんだろうと思って出てみると、人の気配はなくて紙きれが投げこんである。開いて見ると、決起趣意書だった。午前四時を期して、日本人は一斉蜂起すると書いてあった。わたしはびっくりして、お前のお父さんのところに駆けこんでいったのだよ。二人で、集合場所の集会所にとにかくいってみることにした。いや、わたしのほうがお前のお父さんよりもずっとずっと積極的だったのだよ。お前のお父さんは、万一のことを考えたのだ。自分の身にもしものことがあったときの、家族の安全についてを一番に考えたのに違いない。しかしひとり者のわたしには、それが一向に分からなかった。親友のわたしから強く誘われて、お前のお父さんもついに断りきれなかった。しかしその途中でもう、中共軍の兵士が網を構えて待っていたのだよ。いきなりパンパンと銃撃をくらって、わたしは凍えるほどに怖くなって一目散に家に逃げ帰ってしまった――。お前のお父さんの安全を確認する遑《いとま》など、まったくなかった……」

父は、自分を責めつづけているように、思われる。

「夜が明けてから、中共軍の兵士がどやどやとやってきて社宅中の家のなかをしらみ潰しにしはじめた。日本人の男性は、片っ端から県公署に連行された。わたしも、兵士の銃剣に追い立てられるように連れていかれた。そのときまでお前のお父さんの消息は、杳《よう》として分からなかった……。しかし、わたしは県公署の中庭で発見したのだよ、お前のお父さんが、頭から血を流して半死半生で苦しんでいるのを。相当痛めつけられたらしい跡があった。中共軍の士官が、ブローニングの黒い銃口をお前のお父さんの後頭部に突きつけて、このなかに昨夜の共謀者がいるかと怒気強く詰問していた。お前のお父さんが、もし答えなければその士官は即座に射殺するつもりなのだ。わたしは列のなかで小さく震えていた。お前のお父さんの目とわたしの目があった。哀しい目だった。〈大丈夫だ、喋らないよ……〉そうお前のお父さんの目は、いっているようだった。わたしは、申し訳ない気持ちでいっぱいになった。お父さんの最後の命の数秒にわたしは固唾《かたず》を飲まざるを得なかった。ふっと空白の一瞬がすぎた。お前のお父さんは、やりきれなかったに違いないのだ。銃弾が頭のなかに食いこむまで、悔しさに満ちていたのに違いないのだ。しかしその万感の思いを全部呑みこんで、お父さんは黙って死んでいった……。わたしは、お前のお父さんに一生かけても償うことのできない、大きな借りを負わされたような気持ちになった」

「わたしの母は、どこで亡くなったのです」

「渾江の底に沈んでしまった、お父さんといっしょに。処刑された遺体は、渾江に集められて凍結した川面をダイナマイトで破砕して投げこまれたのだ。皆素っ裸にされ、何百何千という遺体が川のなかに投げこまれたのだ。ドドーン、ドドーンというダイナマイトの音だけが、一日中通化の街に響いていた。お前のお母さんは、従容《しょうよう》として死を選んだ。お母さんはりっぱな人だった。お父さんが投げこまれた渾江の底に、身をひるがえして沈んだのだ……。お前は、ダイナマイトの凄まじい音に恐怖を募らされて引き裂かれるように泣いていた──。三十五年前。悪い夢を見ているような暗い時代だった」

父は深い溜息をついた。

「──その日以来、わたしは過去を引きずってしか生きてゆくことができなくなってしまった。お前のお父さんとお母さんに対する申し訳なさだけが、今日までわたしを生かしてくれたのだ。戦争とは残酷なものだ。お父さんに代わってお前を育てることだけが、わたしの人生の残された選択のすべてだったのだ……」

語り終わって父は、長良川のゆるやかな流れに静かに目を落とした。父の決定した人生の流れが、そこにははっきりと見えるような錯覚に襲われる。父は、間違いなく自分の人生を生きた。一生をかけて父は、心の借りを返そうと努めたのだ。そしてまた、そのことだけで一生を完結させようとしている。

暗い過去がぶくぶくと、長良川の底にひとつまたひとつとつぎつぎと呑みこまれていくのが、わたしにははっきりと見えた。

（了）

初出『ら・めえる』令和元（二〇一九）年十一月第79号

家族

I

結婚して五年がたった。早坂修三は、スパイクタイヤのついたブラウンメタリックのボルボのなかで、ゴロアスの一本にライターの火をつけた。遅すぎた結婚。三十八歳まで独身を通した。大学病院の、若くしかも複数の看護婦との間に、その間何がしかの情事がなかったといえば、嘘になろう。しかし、それも所詮は火遊びにしかすぎない。いまではもう、その名前さえゴロアスの紫煙のなかに烟《けむ》っているばかりでしかない。

車は、リマト川を左岸に見ながら、ザイラー通りを通り、レーミー通りを迂回して、レストラン『コロムナ・ツァ・トロイ』に向かっていた。運転をしているのは、妻の万智子、三十四歳。つまり、万智子にしてからが、晩婚なのである。子どもはいない。後部座席にどっしりと腰を落としている、六十がらみの品格のある紳士。万智子の父、山本正茂。日本精神神経学会の重鎮中の重鎮!! 早坂をスイスのバーゼル大学、プロフェッサー・キールホルツの元へこうして研究留学させたのも、義父の力に負うところの大きかったことは、修三とて否めぬ事実に違いなかった。その義父が、フローレンスでの国際生物学的精神医学会出席の途次、合間を縫ってこのスイスにわざわざ立ちよってくれたものである。六十歳を超えなお矍鑠《かくしゃく》とした義父。きたるフローレンスにおいても、『うつ病研究の最近の発展』に関するシンポジストとしての招待講演が控えている。

十一月のチューリヒは、清潔な雪化粧の仄《ほの》かな淡いに、町一面が覆われていた。……ザンクト・ペーター教会、フラウミュンスター教会、そしてスイス最大のロマネスク建築、大寺院の屋根や塔は、白い丸みのある、雪のなだらかな曲線で支配されていた。時は、午後六時を少し回っていた。……

ボルボの重たげなエンジンの音だけが、間断なく響き、新雪のなかにできあがった固く踏み締められた轍《わだち》の上を、シャキシャキという音を残して車は力強く進んでいる。

「どうかね、修三君――」

と山本教授が、落ちついた口調でそのとき声を発した。義父としての優しさが言葉のなかに溢れていたことは、むろんのことであった。

「研究の進捗状況のほうは――」

「ええ、キールホルツ先生の考え方からしますと――、うつ病の病因に関する神経内分泌系の関与の仕方は、かなりの蓋然性になるように思われます。つまり――」

「つまり――?」

「ええ、まずこの病気が女性にはるかに多いということが、ひとつのポイントになるように思われるのです。この性差を説明する要因として、第一に男性と女性の性ホルモンの差異に原因があるのではないかと考えるのが、研究の筋道であるように思われるのですが――、教授」

早坂は、義父を教授と呼ぶ。抜けきれぬ癖であった。そして、この口ぶりの丁寧さ。畏怖の念は強かった。……いや、表現をここでは精確なものとしよう。いまだに、水臭さがどこかつきまとってしまう。十数年を同じ大学の病院の研究室で、いわば師と弟子の関係のみで暮らした。それが、一挙にこうして結婚という形のみによって、縮まらぬ距離がぐんと縮まったのである。

万智子は、二人の浮世離れのした会話に、少々うんざりとした表情になった。バーゼルに来て半年、子どものいない気楽さが、万智子をまるでちょっとした新婚旅行にでも来ているような、そんな解放感に浸らせていたのである。……五年前の修三との見合いの席の場面が、ありありと思い出される。ありきたりの結婚、実直気な夫、傍目《はため》には、申し分のない家庭のように映っているに違いない……、とそう万智子には思われるのだ。だが、とそこで万智子の気持ちを、何かしらどこか微妙なところで鳥黐《とりもち》のように絡ませているものがある。それは、いったい何だったのだろう。

いつも思うことなのだ。これが夫婦というものなのだろうか、と。何かが違う。自分自身の甘え？　何か捉えどころのない夫。五年を経て、本当に自分は夫、修三を知っているのだろうか。時折り見せる修三の、正体のない表情。その奥に潜む感情の動きがまったく見えない。その瞬間の不気味さ。なぜ、なぜなのか……。

日が落ち、雪が少しひらひらと落ちはじめた。ライトの照らしだす明るみのなかに、チューリヒ湖岸の古風な家並みの佇《たたず》まいが、雪の薄い淡いとともに薄らぼんやりと浮かびあがっている。嗚呼《ああ》……ここはやはりほかならぬ外国なのだ、瞬間瞬間の疼きのようなエトランゼが、万智子の気持ちを深い憂愁のなかにうずめる。

外国での生活に関しては、万智子にも過去に二年間の経験があった。五歳から七歳までの二年間……。父、正茂のアメリカ留学における母と共々の同伴者として。ひとり娘の万智子にとっては、インディアナ州インディアナポリスの夏の抜けるような青空だけが、かすかな記憶の片隅にまとわりついている。そのときめきにも似た、たおやかな記憶と比して、この憂愁の計りしれない深さ――。年数がたったのだ。気づかぬうちに途方もなく。

『コロムナ・ツァ・トロイ』は、ラートハウス橋の近くにあった。歴史を感じさせる深々とした佇まい。スイス料理のフォンデュ・ブルニョン（オイル・フォンデュ）は、たしかに車を飛ばして来るくらい、格別のものに違いない。

山本教授が、バーゼル経由で今回の学会参加のスケジュールをたてたのも、たしかに一端には年来の盟友である、キールホルツと久闊《きゅうかつ》を叙《じょ》することが目的ではあった。しかし、と同時に万智子から折りに触れ遥々《はるばる》とやってくる書簡の文面の上に、何とはなし不幸の翳《かげ》りを感知したことにも端は発していた。父親としての感情が、そのときたしかに動いたのである。

早坂修三の研究者としての力量は、ほかに比肩するものはない。それは、同じ研究者の先達としての、山本が己れ自身への確信でもあった。と同時に、研究家は人間としても優れていなければならぬ、この自己の格率《かくりつ》ともいうべき信念を濾《こ》して、山本は早坂を評価していたはずであった。それが、いまでは何か目に触れぬところで、少しずつ正体の知れない暗渠《あんきょ》が張りめぐらされているようにも思われるのである。いったい、何が起こっているのか。修三にも万智子にも……。

「プロフェッサー・シュルツをご存知でしょうか、教授」

早坂は、ディナーの話題にバーゼル大学に附設された、脳病理学研究所のシュルツ教授のことを持ちだした。

「プロフェッサー・シュルツ……？　何回か、キールホルツから聞かされたような気もするが、くわしくは、思いだせないがね……」

「そのシュルツ教授と数週間前のことでした、親しく話しを交わす機会をえたのです。彼がドイツ人だということが、そのときにはじめて分かりました。なにしろシュルツ教授という人は、寡黙を絵に書いたような方で、話しを伺ったということだけでも、特筆すべきことなのですから。そのシュルツ教授なのですが、年齢は七十に近い方なのです……。もともと無口だったのではなく、彼の口を重くさせる原因があったという風に、こちらではいわれています」

「ほう、なんだね。その原因というのは」

「この前の戦争に関わることだと、流布されているようですが……」

「戦争とどう関わりがあるのかね」

山本教授は、ディナーの話題としてこれはふさわしいものじゃないのではないか、と心中密かに思った。しかし、今日の早坂はそんなことには忖度《そんたく》なく、滔々《とうとう》と語る。

「ええ、いまから十数年前のことです。シュルツ教授は実は、その当時ミュンヘン大学に所属しており、脳病理学の分野では、一角の権威として押しも押されもせぬトップの地位にあったのです。性格もそのときはじつに屈託のない円満な性格であったといわれています。現在の暗鬱《あんうつ》な表情からは、とても想像することさえできないことなのですが……。で、問題はシュルツの過去にあったのです。そのことが暴きだされたのが、シュルツが会長を務めた国際脳病理学会の席上であったのも、彼にとっては著しい致命傷になったと考えられるのです。しかも、自分の身内……、彼がそれまで右腕と見こんでいた、ザイゼンバッハ助教授が告発人であったことが決定的に彼の権威失墜に与《あず》かったといわれているのです」

「それで――、その過去って、いったいどういう過去だったの」

万智子が、何かスリリングなことでも期待するような目つきで訊《き》いた。修三は、それに促されるように、

「シュルツの過去は、たしかにこの斯界《しかい》では致命傷ともなるようなことでした。彼は二十代の後半に、早々と博士論文を書きあげるほどの秀逸だったのですが、論文の基礎となる脳のサンプルをアウシュヴィッツとブラケナウの余燼《よじん》のなかに求めたのです。それは、まさしくサンプルの宝庫だったに違いないのですが……。つぎつぎとドイツ国内に送られてくる膨大な数の脳の標本にとり囲まれて、気鋭のシュルツが学者としての探求心を刺激されたとしても、果し

てこれを非難することができるかどうかわたしには分かりませんが。とにかくシュルツは、その大量の脳の神経線維の一本も疎かにせずに、じつに入念な調査をし、とりわけ精緻を極めた神経線維の走行に関する、当時としては画期的ともいうべき論文を、数年がかりで完成させているのです。この点を、シュルツは弟子のザイゼンバッハから衝《つ》かれたのです」

「ザイゼンバッハなら、わたしも何度か会ったことがある」

山本教授が、チーズ・フォンデュにフォークを入れながら、口を開いた。

「彼は確か、ユダヤ系のドイツ人だ。なかなか個性の強い男だったが」

「そうです、そして、当時のミュンヘン大学の、それこそ看板教授だったシュルツが、ドイツ・アカデミアの会員の資格をそのことで剥奪され、都落ち同然にスイスに逃れてきた、その後を襲って教授になったのが、ほかならぬそのザイゼンバッハだったのです」

「ほう……」

「ホロ・コースト（大殺戮《だいさつりく》）と何らかの形で関与があれば、ドイツでは社会的にダメですね。……抹殺されます」

早坂は、ちょっとナプキンで口を拭いながら、視線を目交《まなかい》の山本の上に与けた。万智子は、夫と父との会話を小耳にはさみながら、早坂の表情に何気なく目を走らせた。その瞬間、はっと軽い眩暈《めまい》にも似た衝撃を受けざるをえなかった――。あの表情なのだ。余人には決して感取されない。あの表情……。正体のない、空白だけが漂っているような。それとも自分だけが、そんな風に一挙に感じてしまうのだろうか、いやそんなはずはない、五年もいっしょにいるのだ。夫の微細な表情の変化に、もし妻が気づかないとすれば、暗愚以外の何ものでもないではないか。一瞬、もたらされる夫の表情の変化……。それだけは、どうにも読みとろうとしても読みとることができない。いったい、何が息を潜めているのか。

Ⅱ

早坂は、クールに女の肌の動きを見つめていた。ホテルの一室のエア・コンディショナーのかすかな音だけが、静寂を際だたせている。……三ヵ月前のことだ。

こうして女を抱く自分の感情のなかに、何の変化も認められないことを早坂はよく知っていた。女……、ジョアン・クリスチャンセン。北欧系の流れるような金髪、碧眼の双眸。場所はチューリリヒ。ニーダードルフ街。リマト川右岸のこの地区は、ミュンスター街と並んで夜の女たちが多いことで知られている。

チューリリヒには、フィクセ教授の主宰する精神行動薬理学研究所があった。早坂は月に一度、数日間をここで過ごし、研究に資することをスケジュールとしていた。そして、そのわずか数日間だけが、彼にとっては息ぬきの時間となるものであった。

ジョアンとは、ニーダードルフ街の町並のはずれで知りあった。一目でそれと分かる女ではなかった。それは、スイスに来て一ヵ月ばかりが経ったころだったろうか——。

「ボン・ソワール（こんばんは）」

と、フランス語で話しかける。ジョアンも、ボン・ソワールと答える。男が示す表情と、女が表す色の香が、これから起きることをそれとなく予兆していた。

北欧系の女性としては、小柄なほうだろう。チューリヒに来るたび、早坂はジョアンの元へ通うようになった。年齢は、二十代の半ばから三十代のはじめ――。女は余計なことを話さず、男もまた不必要な感傷に浸らないために余計な詮索に頭をめぐらせなかった。

ただ、一時であったとしても、それでよい――、とのみ早坂は思っていた。四十三年の過去に纏綿《てんめん》している、垢や染みがこそぎ落とされるのならば、ジョアンを抱きながら、早坂は何も考えていなかった。ただひとつ、あの記憶を除いては……。落日の陽のように、忘れようとしても忘れられぬ思い出。そのために、自分の一生が決定されたといってもよい。憎悪が、野火《のび》のように満腔を焼き焦がすのだ。早坂の人生のあらかたが、この一瞬の記憶に収束するように思われる。憎悪が。たしかな形で損なわれないようにするために……。

〈あなたの横顔って、とても寂しそうに見えるのね……〉

ジョアンが、そっと耳元で囁きかけた。彼女の英語は、完全であった。なるほどそうなのだ、と早坂はひとり得心する。万智子の前では、決してこういう表情は浮かべないだろう。万智子に自分を見透かされることは、ほかならぬ憎悪の完成が一挙に脅かされることになるのだから……。

〈そうさ、俺は寂しいのさ。だから、こうしてあなたに会いに来るのじゃないか〉

歯の浮くような台詞《せりふ》も、このときだけは陳腐さから逃れていた。

――そして、三ヵ月前……。早坂は、ジョアンといつものように、決まりきったスケジュールを淡々と消化でもするかのようにホテルの一室で抱きあっていた。うっすらと、ジョアンの肌の白さが仄かなピンク色に染まっていた。自分の感情が、どこかに消え失せてしまったように早坂には感じられる。何か、途方もなく空恐ろしいことが、起こりそうな気配がする。その行末が、どこに繋がっているのか。自分の破滅と符合するものではないのか。しかし、その不安さえも早坂には心地がよいものであった。何としても、この記憶の縁に炎靄《えんあい》のように絡みついている、黒い感情の始末をつけねばならない。早坂のその決意は、自分でも気づかぬ速さである具体的な形をとりはじめていた――。

Ⅲ

「性ホルモンは、実験動物で脳の組織化に作用し、したがって行動にも影響する……」

　フィクセ教授は、早坂にいままでの研究データを示しながら、そう示唆した。

「このマウスを見たまえ、ドクターハヤサカ。この一群には、毎日卵巣ホルモンの溶解液を注射してみた。で、行動がどうなったか、調べてみたことがある」

「どうなったのですか、プロフェッサー・フィクセ」

「卵巣ホルモンは、実験動物に明らかに抑うつを引きおこすことが分かった、ハヤサカ。言を変えれば、攻撃性が目だたなくなる。動物の行動を、鎮静化するのに与かったわけだ」

「なるほど――。つまり卵巣ホルモンは、ヒトでも行動を鎮静させる……」

「そのとおりだと思われる」

「しかし、そうするとプロフェッサー・フィクセ。女性のメンストルエーション（生理）の前に起こる、極端なアジテーション（苛立ち）やアグレッション（攻撃性）というものは、いったいどういうことになるんでしょうか」

「あなたがいおうとしているのは、プレメンストラル・テンション（月経前緊張症）のことだと理解していいかね」

「ええ、そのとおりです。なぜある女性では、生理の前に限ってこんな不調が起こるのですか。しかも、しばしば怒りっぽくなったり、被暗示性が高まったりする。決して、鎮静ではないような気がしますが……。プロフェッサー・フィクセ」

「消退現象だと考えている」

「消退現象？」

「いうなれば、禁断症状に近いものともいえる。血中濃度が最高に達した瞬間、卵巣ホルモンは急激に消退していく。この急激な減少は、脳を興奮させるのです。これが、あなたのいうプレメンストラル・テンションに関っていることは否定できない」

　フィクセ教授の説明は、いちいち歯ぎれがよかった。何か気持ちのよい音楽でも聴いているように、早坂の耳には響いてくる。とりわけ、性ホルモンの行動に及ぼす影響についての示唆は、早坂の並々ならぬ興味を惹きつけるに充分に与かった。心のなかで、直感的にこれだ——、という喝采さえあげている。何のために、それが早坂の興味をこうまで惹きつけたのか。それは、何かしら万智子が、早坂の表情にふっと感じたあの正体のなさとも深い水脈を辿って、しかと通じているもののように思われる。

Ⅳ

万智子は、アルバムのなかの写真の一葉に、思わず目を奪われた。最近写したもののなかに紛れて、黄ばんだ写真が一枚、頁と頁の間に無作法に挟みこまれてある。夫のもののようである。両親と、四歳ぐらいの女の子、そして母親に抱っこされてにんまりとした、それよりも小さい男の子。場所は、いったい何処《どこ》なのだろうか。家族のありふれた、楽し気なポートレート……。全員が、笑顔で快活そうにカメラに収まっている。古びてはいても、明るさが匂うように漂っている。この小さな男の子が、現在の夫なのだろうか。母親の愛《いと》おしげさが、小さな男の子を羽根布団のように包んでいる。そのさま——。嗚呼《ああ》、と万智子はくらくらしたものを覚えさせられた。

　自分にもこういう楽しかった時期があった、とふと万智子は思う。物ごとは新鮮で、生き生きとした紫色の深い感動に溢れていた。父もまだ忙しくなかった……。時間はのんびりと経過し、すべてがいまよりも潤いに満ちていたように思われる。手を引いてくれた父、正茂の厚みのある掌の感触、インディアナポリスのくっきりした青空に響くような、家族の屈託のない笑い声……。

　父、正茂がはじめて早坂を自宅に呼んだ日、そこに何か特別の意味が含まれているなど万智子の与《あずか》り知らぬことであった。この生真面目《きまじめ》さを判で押したような、もはや若々しくはない研究者は、いたく父のお気に入りのように万智子には思われた。早坂のほうは、師に対する畏怖《いふ》の態度を崩そうとしない。そのなかで正茂だけが、何か上気したように上機嫌さを体の端々から溢れさせていた。

話をして、悪い人間ではなさそうに見えた。話の朴訥《ぼくとつ》さが気になるような年齢でも、もう万智子はなかった。何よりも父が推している。

ありきたりの結婚を、万智子が望んだわけではない。しかし、ありきたりこそこの世の幸福と一番繋がっていると信じる、正茂の言葉には不思議なほどの説得力があった。生まれも育ちも異なる男と女が、ある日を境に同じ屋根の下で暮らすようになる。その日から、新しい細やかな家族が誕生する。どういう種類の家族となるかは、まったく不明なままに、だからこそ、この古めかしい写真のなかに、四角く区切られて満ち溢れているさりげない幸福は、万智子にはうらやましいほどに貴いと思われるのだ。自分がかつて幸福だと感じた、つややかな記憶が呼び覚まされるように――。

写真を引っくり返して、裏のほうを万智子は見てみた、何か、薄れかけた万年筆の書きつけが、万智子の目のなかに入ってくる。数十年を隔てて、この写真と運命をともにしてきたことが歴然とする、不明なところの多い文字――。それでも、どうにか昭和二十年七月――。何と、三十九年の膨大な時間をスリップして、いまその手のひらのなかにきっちりと収まる小さな幸福が、万智子の前に提出されてあった——。

昭和二十年七月——。つまり、敗戦一ヵ月前という絶望的な時期に、このような家族の表情が存在しているということ自体、万智子には信じられないことであった。日づけのつぎの文字は、褪《あ》せきってしまってよく分からない。ところどころ、判読できる文字を繋ぎあわせて推測する……。満州通化県。たしかにそう記されてあるように見える。満州!! もし、これが早坂の家族のものとするなら、満州にいたことなど万智子には初耳である。

V

「ぼくが早坂の家の養子だと聞いたら、君は何か考えるかい」

結婚がほぼ決まりかけていたとき、早坂が万智子にぽつりと漏らしたことがあった。長野の伊那に住む早坂の両親は、万智子には純朴そうな人たちに見えた。

「いいえ、そんなこと。わたしには何の関係もないわ。わたしは、あなたと結婚するのだから……」

「こだわらないね」

「もちろん」

　五年前の会話が、昨日のことのように万智子には思いだされた。とすると、つまりこの写真に写っている三十がらみの夫婦と思われる人たちが、夫の本当の両親に当たる……。そんな風に思って眺めてみると、万智子のなかに何やら不思議な感慨が沸きおこってきた。いや、それは感慨というよりむしろ素朴な疑問といったほうがよいのかもしれない。確実にそこにはまぶし過ぎるほどの家族が存在していたのだから……。いったい、この笑顔はどこへ消えてしまったのか。ぷっつりと昭和二十年七月を区切って、ひとつの家族が消滅したかのような印象さえ受ける。昭和二十年七月、そして現在。その間には、結びつけられる何ものも存在していない……。夫、修三を除いては。

「このごろどうなんだ、修三さんとは」

「どうって？」

父、正茂がツインのベッドから、書物に目を通しながら、そう万智子に話しかけた。その日は、チューリヒ泊まりであった。しかし修三は、わざわざチューリヒにまできたのだからといって、先刻精神行動薬理学研究所のほうへ出かけていき、相変わらず精勤なところを見せた。

「熱心な研究家を夫にもつと、奥さんはたいへんだな」

「まあ、その熱心な研究家との結婚をお薦めになられたのは、お父さまじゃなかったのかしら」

「ははは……、そうだったな。こいつは、一本とられてしまった」

言葉のなかに、父親としての慈愛を万智子は深く感じる。いつになく、正茂はしんみりとした話しぶりになった。

「お父さんも若いころは、お母さんには面倒のかけっぱなしだった。なにしろ、いつ家に帰ってくるのか、鉄砲玉みたいなものだったからね。それにしてもお母さんは、よく寝ないで辛抱強く待っていてくれたもんだ。遅く家に帰って、まだ灯りが点《つ》いているのを見たとき、何かほっとするものをお父さんは感じていたもんだよ。ああ、ありがたいことだ、自分には息のつける家族がこうして待っていてくれるってね……。そのうちに、お前が産まれて、この家にも何とか人並みの家庭のような幸福がめぐってきた。何かお父さんには、それが昨日のことのように思えて仕方がないんだ。あのころは、本当に楽しかった。お前の成長だけが、なにより生きがいだった……。お父さんも、あのころからしたら、大分《だいぶ》年をとってしまった。人生というものは、過ぎてしまえばあまりにもあっけないものかもしれないね。それでも、長い時間だ。いろんなことがあった。辛いことも楽しいことも、それこそいろんなことが、ね。それでもどうだろう、我々には大きな幸運もなかったかもしれないが、とり返しのつかない失敗もなかった。この長い航海を、まあまあ何とか乗りきってきたといえるんじゃなかろうか」

「そうね、まあまあ……」

「はは、可もなく不可もなくというところだろうか。しかし、お父さんも年をとってしまった。これからは、修三さんやお前たちの時代だと思っている。年寄りがいつまでも舞台に上がっているのはいいことじゃない……。それには、夫婦の波長があっていなければどうしようもないことだ。長い人生を乗りきっていくためには、わたしの心配は、お前のことだけなのだよ。お前が幸福であることが、わたしにとっても幸福に繋がる。不幸であれば、やはりわたしも不幸だ……。早坂とお前の間が、うまくいってないように思われるのだ。違うかね」

万智子は、父の言葉に一瞬突きさされるような痛みを覚えた。早坂と五年生活をともにして逆に分からなくなっている自分。こういうことがあるのだろうかと、ときどき考えさせられてしまう。どこかで自分に対してさえ、気を許していない夫。何を心のなかで醗酵させているのか、父には見えていない暗闇の部分を、夫の修三は持ちあわせている……、それは万智子のほとんど確信にも近い。しかし——、そういう万智子を何かがためらわせる。これ以上、父を心配させて何になるのか。どこの夫婦もこんなものかもしれない。慰藉《いしゃ》の声が、万智子の体のなかを駆けめぐった。

「何も問題なんかないわ。お父さまが心配なさってられるようなこと、わたしたちの間には存在しませんから。それは小さな諍いだったら始終きりがないけど、大丈夫うまくやっています」

「それならばいいんだ。老人になると、どうも杞憂《きゆう》が過ぎていかんね」

そういって、正茂は照れたように笑った――。気づまりな沈黙が、しばらくつづいた。

「修三さん、小さなころ満州にいたことがあるみたい……。ご家族と写ってる写真を見たの」

万智子は、沈黙から話題を転換させようとした。

「――お父さまも、戦争のときは満州だったのでしょう」

「ああ、たしかにそうだった。二年ばかり……。大学を卒業して、軍医中尉としてとられたらすぐ南支へ着任させられた。昭和十七年のことだったかな。そこから真っすぐ満州のほうへ移された。ハイラル、ハルビン、牡丹江と回って、新京、奉天、最後は鴨緑江沿いの、何ていったか……そう通化という町で敗戦を迎えた」

奇妙な暗合であった――。父と夫が、何の変哲もない「通化」という過去の地点で接している……。むろん、単純な偶然といえなくもない。夫の家族の古ぼけた記念写真。皆が楽し気に一様に笑っている。そのポーズが万智子の頭のなかを一瞬よぎっていった。暗い時代を突き破るような新鮮な印象……。それが、やがて何やらかわたれときのような薄闇のなかに吸いこまれていく——。そのあまりの暗鬱さに、万智子は何だか覚えのない不安にどんよりと包まれてしまった。

Ⅵ

修三は、精神行動薬理学研究所の自分のデスクに向かって、ほうりっ放しのままにしておいたデータを丹念に整理しなおしていた。マウスの行動曲線が、鈍い蛍光灯のあかるみの下で見事に描出されている。所内には、ほかの研究員の姿は見えない。時刻は午後九時——。すっかり夜の闇のなかに、辺りは呑みこまれてしまっている。すーっと寒気が足元のほうから忍びよってくる。修三は、ピシロシビンの粉末の入った茶褐色の薬壜にじっと目を落としていた。プシロシビンは、メキシコインディアンが、聖なるキノコと呼んでいるピシロシーベ・メキシカーナから抽出された幻覚物質であった。この聖なるキノコを戦闘の前に食すると、野獣のように勇敢になり、インディアンの戦士たちは興奮して自分の盾をかじったり、出会った者を誰彼の見境もなく斬り殺してしまうという。この微量をマウスに投与して、その夜えられた結果は、早坂を大層満足させるものであった。グラフの上に表れた行動上の変化は、まさしく衝撃的としかいいえないものであった。マウスは興奮し、狂乱のあげく、全身の筋肉をぴくつかせさえしている。思ったとおりの効果を薬物は示す。

『あとは、これをどのように調整するか、にかかっている。コントロールできなければ、この計画はつぶれてしまう……。そんなことにでもなったら、何のためにここまで辛抱してきたのか、意味が失われてしまう……』

早坂は、茶褐色に鈍く光る薬壜を指先で回しながら、暗鬱な流れの底に潜むある種の感情の堆積を、再確認していた。それは、あまりにも長く蓄積され過ぎていたため、もはやどのような感情とも一線を画して、湖水に沈める石のように暗々としてあった。

サンプルはもう決定されていた。ジョアン・クリスチャンセン――。この寡黙な娼婦は、これから起きることについては何も知らされていない。また、早坂のことについてもいっかな何も知らなかった。しかし、この数ヵ月の観察の結果が、彼女をサンプルと決定するのに大いに与かったことなど知る由もないことである――。

ある日のことだった。早坂はジョアンの変調に気づかされた。まるで、打って変わって人が変わったように言葉使いや行動が荒々しくなっている。些細なことでもすぐ立腹する。とにかく当たり散らす。人を見下したような、ぞんざいな態度。野卑た言葉。平生のジョアンからは、到底考えられぬ変化といってもよかった。しばらくは早坂にとっては、謎であった。しかし、この突然の模様変わりの謎も、毎月規則的に勃発することが分かるに及んで、一気に氷解した。

ジョアンが服用している避妊のための経口ホルモン剤が、この現象に与っていることはほぼ間違いがないことだった。ホルモン剤の成分のなかに卵巣ホルモン（エストロゲン）が含まれている。服薬を中止すると、途端に変調が起きる。それは見ごとな因果関係である。性ホルモンが、ヒトの行動に及ぼす影響の底深さともいえた。が、それは早坂にとっては、ある別種の思いもかけぬ着想へと考えを飛躍させるものであった。たぎるような憎悪を成就させる強力な刃として——、この現象を心の底深く早坂は収めたのである。

あの日の思い出が、自分の人生にもたらした影響の計り知れなさ……。早坂の頭のなかに、その夜「あの日」の記憶が鮮やかに蘇ってきた。想い出とは、歳月の流れとともに風化していくものではなかったろうか。しかし、この記憶ばかりは、早坂にとって年月とは何ら関わりのないものであった。むしろ、時間がたてばたつほど、なおさらのように鮮烈さを極める。いやすべての早坂の人生は、あの日の出来事に絡み、絡みつかれたものであったのだから、忘れさることなど素《もと》よりできない相談であったといえる。

自分が養子であることを知ったときの驚嘆。養子とならざるをえなかった状況へ対する憎しみ。物心ついたときから、早坂には過去の忌わしさが、色濃くよりかかっていることを自覚せざるをえない、痛みがあった。そして、それゆえにこそ、自分の人生とその目的をも過去が強烈に縛《いまし》めているという認識が産まれたといってもよい。自分の思考や感情、意欲、あるいは日常の些細な興味を惹きつけられるものにいたるまで、四十年近く前のあの日の出来事が実は深く影を落としていることを、早坂は否定することができなかった。炎霞《えんあい》に燃える陽炎《かげろう》のように、父、母、姉の三人の顔が、早坂の脳裏にふとゆらめいたような気がした。むろん、一枚の写真のなかでしか邂逅《かいこう》することはできない。しかし、だからこそなおのこと、三人はいつも変わらず写真のなかで微笑んでいることができたといえる。それは、これからも常に変わらずに……。鮮烈に。そのなかで、自分ひとりだけが生き延びたということの心苦しさ、自分に厳しくすることが、この咎《とが》から逃れうる唯一の道と考え、それとて自分勝手な思いこみであることに、そのうち早坂は気づかされてしまう。決定的に自分は生きている。何ものも、この差を塗り変えることはできない。もしあるとすれば、それは生きるための妥協の産物以外の何ものでもなかったろう。この世に生きることに腐心するとするならば、過去は廃絶させるしかない。過去を廃《すた》れさせることは、早坂にとっては自身の死を意味した……。

Ⅶ

早坂の養父母とは、それまで何の面識もなかった。

昭和二十一年三月――。奉天《ほうてん》収容所で発疹チフスに苦しんでいた五歳の修三を、看病してくれる人など誰もいなかった。連日の下痢のため、水気がすっかり抜けて全身の皮膚はカサカサに乾ききっている。誰が修三をここまで連れてきたのかは、誰にも分からなかった。紙きれ同然のぼろぼろの布きれを身にまとって、毛布ともつかぬ毛布のなかで、ひときわぶるぶると熱と寒さのために震えている。

不潔極まりない収容所のなかは、饐《す》えた汚穢《おわい》と喧噪で溢《あふ》れていた。死はあまりにもここでは日常的すぎる。ありふれた日々の営みの一部でしかない――。誰が死のうと、収容所の人々はノンシャランと生きているばかりでしかなかった。他人の死よりも、いかにして今日一日の自分の空腹を満たすかのほうが、ここでは先決であった。

老人や子どもなど、体力のないものから順番に死に軀《むくろ》となっていった。死は何の感傷も誘わない。物質的な呼吸の停止以上には受けとられない。死体は、あっという間にすっかり身ぐるみはがされてしまう。それまで死体を包んでいた布きれは、死のわずか数秒後にはもう他人の持ちものとなってしまっている。

死を待ち望んでいる者はいても、死から救おうとする者の存在を望むことほど、成算のないことはなかったかもしれない……。養母の絹枝が、死にかかった修三を見てそのとき哀れさを禁じえなかったら、ほぼ全身に発疹が出て息もようようのこの小さな肉体は、誰からも見咎《みとが》められずボロきれのように絶命していたに違いない。絹枝は三十歳、直前に同じ年ごろの男の子を栄養失調でとられてしまったことが修三に対する同情に繋がった。運命の気まぐれさは、修三に予期もしない新しい運命を担わせたようであった……。

昭和二十一年五月、天啓のようにすっかり健康をとりもどした修三は、養父銀蔵、養母絹枝、それにほかの多くの難民といっしょに奉天収容所を出て壺盧《コロ》島に着いた。五歳という年齢が諸々の悲しみを薄める作用をしていた。養父母は亡くしたひとり息子の生まれ変わり、と修三を思いなしているフシがあった。壺廬島からは、日本帰還の船が出る。何分の一かの確率で生き残った難民たちの顔には、久しぶりの明るさが蘇っていた。頭から真っ白なＤＤＴの粉をかけられ、いつにないはしゃいだ嬌声が、難民の子どもたちの間に飛びかっていた。生への帰還に対する精いっぱいの謳歌のように響く……。修三も、周囲のいままでとは違った雰囲気に、少しずつ緊張の糸を解《ほぐ》れさせていっているように思われた。小体《こてい》の麻袋《まおたい》のなかをごそごそと漁《あさ》ると、やがて一枚の写真を取りだしてきた。埠頭からは汽船のボーッという物悲しい汽笛が、何度も風に乗って断続的に聞こえてくる。五月の薫風が肌にそっと触れる……。修三は、危うく涙がこぼれ落ちそうになるのを、唇を噛みしめてじっとこらえつづけていた。

「お父さん……、お母さん……、玲子姉ちゃん……。」

渤海から吹きよせてくる潮風が、涙顔の修三の体にまともに絡みついて、淀んだようにしてついーっと吹きぬけていった。難民たちは、すでに日本での落ちつき先について盛んに話し合っている。自分はどこに連れていかれるのだろうか。本能的に、銀蔵や絹枝から離れてしまうのは、いけないー―、ということは修三にも分かっている。しかし、壺盧島へ来て、死と隣りあわせの奉天収容所では感じられなかったある種の感情が、修三の心のなかに湧きあがっていたことも確かであった。写真を再びそっととりだして、修三は眺めいった。写真のなかの父、母、姉――。凝然と身動《みじろ》ぎさえせず、全員がにこやかに笑いかけている。いまにもその踊るような笑い声が、修三の耳に聞こえてきそうであった……。

Ⅷ

玉豊百貨店の前であった。通化の夏は暑い。百貨店の食堂の蜂蜜入りかき氷が目玉であった。図們《ずもん》の東部国境守備隊に配備されている父の正男が、休暇をとって帰ってきていた。修三と玲子は、小さな胸をわくわくときめかせながら、父の後を絡みつくようにしてついてまわった――。昭和二十年七月末。

「ねえ、どっか連れてってよ。町にさあ。家にいても退屈なの……。ねえったら、お父さん」

姉の玲子が、父の下腿を両手で抱きこみながら、久しぶりに会う父親にそういって甘えた。

「町にいこ……、百貨店、いまいこ」

修三は、すでに玄関口のところに立って、父が来るのをいまや遅しと待ちかまえている。

「こら、あなたたち、お父さんは長旅で疲れてるんだから、そんなに何でも無理いうもんじゃありませんよ」

母の佳子は、夏向きの白味がかったワンピース姿で子どもたちの無作法さを窘《たしな》めた。が、その佳子にしてからが、何か気持ちのなかに浮きたつものが浮遊していることを、自覚しないわけにはいかなかった……。

〈前のとおりだわ、家のなかのこの明るさも、寸分変わってはいない。子どもたちのこのはしゃぎぶり、やはりお父さんが家のなかにいてくれなければ……〉

佳子は、眩暈がするような嬉しさに、涙さえ危うくにじませてしまうところであった。

　夫の正男は、満州中央銀行通化支店渉外課窓口係に勤務していた。何の変哲もない銀行員が、いまや図們守備隊一等兵であった。この七月はじめの突然の招集令状。まさかと思われた事態。子どもたちは要領を解さず、いつもの出張と勘違いしていた。しかし、わりあいと簡単に休暇がとれた。国境の守備線辺りにも、まだ安穏とした空気が流れている。正男は、父親らしく帰省に際して子どもたちのために、羊羹や飴、あんパンなどを持参した……。七月末日――のこと、満州はまさに盛夏であった。

　玉豊百貨店にいくと、すぐに玲子は食堂へいこうといいだした。途中、銀行に立ちより大分《だいぶ》待たされたため、ひとりでぷりぷりしている。漸《ようや》くお目当ての蜂蜜入りかき氷にありついた途端、玲子もそして修三も表情を喜色満面にさせていた。一口、一口氷の浸みいるような冷たさに、二人とも口をすぼめながら無心に銀匙を動かしている。窓外の夏の景色――、町並をとり囲む険しい山稜の重畳《ちょうじょう》や、渓谷の深い切れこみ、そして龍泉ホテルの佇まい、町を切りさくようにに流れる渾江《はんこう》の水脈のまぶしさ、どれひとつとて正男の目には戦争の翳りさえもない。ひょっとしたら、戦争などここでは起こらぬかもしれない。子どもたちのいつもと変わらぬ無邪気さ。その平和すぎる表情を眺めていると、本当に戦争など起こりえようもないことのように思われてしまった……。

玉豊百貨店の前である——。正男がいつものように、ライカの写真機を首からぶらさげていることに、そのとき修三が気がついた。写真は正男の趣味であった。何につけ、写真機を持ちあるく習慣が身についている。

記念写真のつもりではなかった。正男がシャッターを押そうと思うにいたった動機は、この家族の痛ましいほどの平和を、ほかの何ものとも一切《いっさい》関わりがなく確実なものとしたい衝動に駆られてのことであった。平和は、正男にとって何かしらか細く、いつでも叩きつぶされそうな暗い不安に塗られているように感じられる。

「……あなたも入られたら？」

妻の佳子が声をかける。子どもたちは、とっくにおませなポーズをとっていた。百貨店の女店員にシャッター係を頼んで、正男もにこやかな顔をして被写体のなかにいそいそと加わった。佳子が修三を抱きかかえる。この瞬間、時間は停止した。家族の誰もが、幸せ以外のことを感じていなかった。これから何が起きようとパシャっとシャッターの押されたその瞬間、圧倒的で息のつまるような平和のなかにうずもれてあった――。

通化には、関東軍参謀長藤田実彦大佐率いる日本軍第百二十五師団が駐留していた。藤田大佐は対ソ徹底抗戦論者で知られている。ソ満国境に不穏な陰があることは、すでに関東軍参謀内部では数ヵ月前から知らぬ者はない……。ただ、在満居留民の人心の動揺を引き起こさせないために一般には秘密裏に伏せられていたにすぎない……。したがってそれだけ昭和二十年八月九日のソ連軍戦車隊の国境線突破の報は、突然のことと受けとめられ、何も知らされていない日本人居留民は広大な満州のなかで大混乱に陥らざるをえず、これが後々に多大な禍根を残す因となった。

山本正茂軍医中尉は、渾江沿いの満州柳の連なった道を、長靴をぎゅうぎゅうと踏み締めながら歩いていた。むろん、満州がいまや崩壊寸前であることはよく分かっていた。そうであればこそなお、彼に負わされた任務の大きさと曖昧さに、自分自身が戸惑っていたのである。通化陸軍病院に収容されている病人は二百余名。

「——それでもし、ソ連軍部隊が、通化にも侵寇してきたとすれば……？」

「立って歩ける男子は、即全員戦闘員とみなす。敵軍と比べ人員が不足している。そうでないものは、軍医中尉である君の判断に委ねる。撤収するときは、主だった施設は破壊していく、足手纏《あしでまと》いになる者は、君のほうで適当に処分せよということだ」

藤田大佐の慄然とした言葉が、山本軍医中尉の脳裏をかすめる。

図們《ずもん》守備隊は、I・M・チスチャコフ大将麾下第一極東方面軍第二十五軍の圧倒的な戦車重火器により、完全に殲滅《せんめつ》されてしまった。正男は、右下肢に一発の盲管銃創を負ったが、幸い急所をはずれている。守備隊本部の撤退にくっついてトラックでひたすら西走し、最終的に通化への脱出を何とかして図ろうとしていた。じりじりと迫ってくる敵に追っかけられるようにしていったん吉林まで逃げ、ここから折よく無蓋貨車で通化まで南下することができたのであったが……。

パラパラと黒い雨が降ってきていた。八月十一日夜半のこと——、であった。通化駅のプラットフォームには、軍関係家族、応召者留守家族、一般市民、官吏などで異常にごった返している。ここから鴨緑江の鉄橋を超えて、朝鮮に南下する避難列車が出るのであった。正男は、この統制のとれない雑踏を必死で掻きわけて、通化の市街地に位置する満銀の自分の社宅にようやくのことに辿《たど》りつくことができた――。しかし、そうして辿りついた瞬間、それまで張りつめていた気持ちがゆるみ、玄関口にばったりと倒れてしまった――。致命傷でないとはいえ、ろくな止血もしていない。ぽたぽたと巻いた繃帯《ほうたい》を赤くにじませて血がたっぷり滴り落ちている。一昼夜以上、車と列車に揺られ、かなりの出血量である上、傷口はぐしゃぐしゃになって壊疽《えそ》を起こしていた。その壊疽のために熱の方も高かった……。このままでは、とても避難することはできない。佳子は、両手に小さな子どもの手を引いて茫然《ぼうぜん》となった。

陸軍病院では、傷口に消毒液を塗布されただけであった。あとは何の処置もない。いや、まさに処置どころではなかったといったほうがよい。うかうかしていると、猛進撃してくるソ連軍機械化部隊に、健康な職員までも蹂躙《じゅうりん》されかねない。退避は、いまや急務のことのように思われた。

それでも妻の佳子は、何とかこの事態に対処しようと、眦《まなじり》を決して必死の形相をしていた。バタバタとせわしなげに走りまわる看護婦たち、白衣の軍医。そのひとりの裾をしゃにむに握って、自分の夫の傷を処置してくれるよう佳子は畳みこむように哀願した。佳子の裾を掴む力があまりにも強かったので、軍医も渋々正男が寝かされている、通路口の戸板のところまで一度はいってみた。しかし、その足の傷を見るなり、ああこりゃもうだめだ、とあきらめの声をあげた……。奥さん、これは足を叩っきらんと助からん、だがそんなことをしている時間も余裕もいまはない。暗にあきらめろとでもいうような口ぶり。佳子は、憤然となった——。これくらいのことで、夫を死なせてたまるものかという女の意地、そして何か不安な表情を顔に浮かべている二人の子ども。

山本正茂軍医中尉は、八月十四日、病院の負傷兵ならびに在留家族、病院のスタッフ全員の大栗子《だいぐうし》移転を発表した。すでに軍命令で通達を受けていた、通化山岳地帯の大持久防御線への目論見《もくろみ》を達成するための、不用人員の整理であった。通化は、関東軍最後の抵抗線と考えられていた。大栗子は、通化東方の山稜地帯、汽車で十時間ほどの距離。

壊疽の部分は、ここ数日一気に広がって正男の下腿から大腿にかけての部分を隈なく赤黒く腐敗させていた。動かすことさえもはやできそうにない。つぎつぎと病院のなかでは移動がはじまっていたというのに――。

山本軍医中尉は、重症のため身動きのとれない傷病兵たち二十人ほどの集まっている病室へやってきた。

「諸君、諸君の非命《ひめい》は決して我が軍は無駄にはしない。なぜならば、ソ連軍部隊が現今優勢下にあったとしても我が方は遠からず敵を殲滅するだろうからだ。諸君、諸君の命が我が軍勝利の礎《いしずえ》となることを小生は期待する。ここに各自、手榴弾一丁とそれに最後のそのときのために、青酸カリを諸君に配布しておく――」

佳子は飛びあがらんばかりびっくりしてしまった。たしかに夫は壊疽のため身動きがとれない。しかし、紛れもなく呼吸をしているではないか。足手まといは死ねとでもいうのか……。主人は、もともと軍人なんかではない。それが、どうしてここで死ななければならないのか。これをどんな風に受けとめろというのか。考えても考えてもどうしても割りきることのできない考えが佳子の頭のなかを目まぐるしく駆けぬけていった。
まったくの重傷で、青酸カリさえ嚥下《えんげ》することのできない傷病兵には、衛生兵たちが塩化カリウムの注射を施していた。そのキラリと光沢を放つ透明の注射液がスーッと注入されると、傷の痛みで休むことなく唸《うな》り声をあげていた人が、あっという間に平生になったように、最後の一息をふうっと吐いて絶命してしまうのである。その手際のよさは、まさにそこにいる傷病兵たち全部が、もはや無用の存在でしかないことを、この上もないほどに印象づけるものであった……。そうでない者は、ここで潔《いさぎよ》く自決せよとでもいうのだろうか……。

図們を突破したチスチャコフ大将麾下第二十五軍は朝鮮羅南《らなむ》との交通を完全に遮断した。日本軍の抵抗も少なかったため、そのあとも快調な進撃を記録していた。第三九三狙撃師団は雄基、第十機甲軍団は東寧、三岔口から汪清、吉林方面への進出をうかがっていた。八月十二日ごろのことである……。吉林と通化のちょうど途中にある盤石県では、満州国軍憲兵団指揮官松本中尉一家が、前途を悲観して自決した。そのほか多くの日本人家族が、集団でつぎつぎと自決していった……。

しかし、佳子は眦《まなじり》を決して必死で抵抗していた。玲子と修三を両脇に強く引きよせると、夫の正男の前に立ちふさがるようにして夫の自決を強く拒絶していた。

「陸軍病院は、いずれ敵に攻撃される。あなたがたも早くここから退避しなさい。でなければ、その巻き添えを食らって死んでしまうようなことになる。それでよろしいのか」

「むろん、覚悟の上のことでございます。わたくしどもは、家族です。どんなことがあろうと、離れるつもりなどございません。あなたにわたくしどものことなど、何が分かるというのですか」

修三は、母の腋の下から顔を差しだして、山本軍医中尉の顔を覗きこんだ。ナンブ銃を腰にかまえ、真っ赤な顔をして怒鳴《どな》っている……。その顔は、いつか絵本で見た悪魔のように、修三の記憶の淵に手酷《てひど》い憎悪とともに深く刻みこまれた。

「……佳子……、お前たちは逃げるんだ。どうせこういう運命だった、そう思ってぼくはあきらめることができる。でも、子どもたちまで道づれにするのは忍びない。どうか子どもたちだけでもお前が守ってあげてくれ……」

そういって正男は、雑嚢から一枚の写真をとりだして佳子に手わたした。玉豊百貨店の前で写したものである。じつに楽しそうな写真……。

「いいえ、あなた。わたしたちはいつだって家族だったじゃありませんか。あなただけをこんな寂しいところにひとり残してわたしたちだけがいくことなんかできるとお思いですか。玲子も修三も覚悟しています。わたしも玲子も修三もあなたといっしょにここにいます」

父も母も、大粒の涙をポロポロと流していた。玲子も修三も、つぎからつぎに溢れてくる涙をどうすることもできない。死が、大きな翼を精いっぱい拡げ四人を呑みこもうとしている。むろん、玲子と修三にとって、死がどういうものであるのか理解することもできずに……。

周囲では、すっかりあきらめた人たちがつぎつぎに服毒自殺を図っていた。衛生兵たちがとどめの一発を喉元に打ちこんでいる。飛沫した血液、声にもならぬ声、断続的に響くナンブ銃の銃声。

　玲子も修三も、もはや泣いてはいなかった。いや、その瞬間涙さえ恐怖に涸《か》れていたのである。死が、はっきりとこれ以上ない形で目の前に転がっている。身の毛のよだつような有様――。

　山本軍医中尉は、病室の入口のところで、重傷者の名誉ある自決の選択と部下の衛生兵たちの手際のよい任務の遂行を見守っていた。重傷者を、大栗子まで運搬する手段はない。遺棄する以外に手はないのだ。自決こそが、重傷者らの名誉と尊厳を守る唯一無二の方法と考えられる――。これが軍医中尉山本正茂が重傷者らに対して下した最終的な結論であった。

　上空に、蜜蜂のうなりのような音がする。

「何だ」

「敵機です」

　窓から空を見あげていた兵が、大きな声で叫んだ。

「――いかん、攻撃されるぞ。全員――すぐここから退避するんだ」

　ばらばらと衛生兵たちが逃げだしていく。

「諸君、ここもどうやらもう危ない。やがてこの建物は我が軍によって爆破される手はずになっている。逃げだすならいまのうちだぞ――」

明らかに佳子に対していわれた言葉であった。山本軍医中尉の声が、むなしく佳子の耳の辺《あた》りを通りすぎていく。佳子は、玲子と修三をもっと近くに引きよせると、夫の傍らに身を摺りよせるようにしてしゃがみこんだ。夫の正男ももう何もいわなかった。誰も助けない。誰も救わない。絶望が夫婦の絆、家族の縛《いまし》めをそのときもっとも強靭なものにしたように思われた。そこでは、目前の死すら灰燼《かいじん》に帰してしまっている……。

楽しかった日々の想い出。ともに笑い、ともに悲しんだあの瞬間、写真のなかの無辜《むこ》の笑い顔、玲子の顔、修三の顔。それが生きがいだった――、と正男も佳子もはっきりいうことができる。わたしたちは、家族なのだ。誰が、ひとり欠けようともいけない……、死が最後におたがいを分かつまでは。まるで、自分たちの周囲には何ごとも起こっていぬかのように、四人ともが静穏な気持ちでいられたのは、じつに不思議なことという以外になかった。

ぼうっと、どこからか火の手が上がったような気配がした。何かきなくさい臭《にお》いが、熱暑をついて病室にも浸透してくる。誰かが火を放ったのである――。

正雄は佳子の顔を見た。すっかり覚悟の整った顔がそこにある。佳子も正男の顔を見た。今生《こんじょう》の思い出として……。シアン化カリウム（青酸カリ）のまぶしいくらいに純白の粉末を、佳子が四つに分けた。死こそ本当の安寧を齎《もたら》すものかもしれない。めりめりという、支柱が崩れさる音が、恐怖とともにこちらに伝わってくる。いよいよ最後のときが近まったように思われる。水筒から水を茶碗に汲んだ……。

……………………。

Ⅸ

フローレンス、あるいはフィレンツェ。ルネサンスの花開いた都。文字どおり花の都の字句どおり、ルネサンス期の多大な遺産で町そのものが、大きなひとつの美術館とでもいうべき様相を呈している。ドウオモ（聖堂）、ジレットの鐘楼《しょうろう》、サンジョバンニ洗礼堂、フラ・アンジェリコ美術館、ベッキオ宮、サン・マルコ修道院、そしてメディチ家の館、廟《びょう》……エトセトラ。

国際生物学的精神医学会の会議場は花の都フローレンスにふさわしくパラティーナ美術館を邸内におさめたピッティ宮が当てられていた。この学会での招待講演者となることは学会自体の国際的評価からいっても、たいへん名誉のあることに違いなかった。学会参加者は世界各国から四千名。五日間にわたる行事は、まさに学究者の一大ページェントといってもよかった。

学会前夜であった。心なし山本教授も明日の本講演を控えて、幾分緊張気味のようにさえ見える。四十年有余の研究生活のひとつの締めくくり、精華をつくさねばならない。講演後には、医学発展の多年の功績により、サンタ・チェチリア勲章の授与も予定されている。じつに光栄あることだ……。山本教授には、それはまさしく身にあまる名誉として意識された。

前夜祭は、コルドニ広場から少し離れたところにあるストロッツィ宮で絢爛《けんらん》と執《と》りおこなわれた。ルネサンスの貴族の豪奢な邸宅。贅をつくした床や壁の大理石のきらめき、その間隙をうめて配置されたフレスコ画の古めかしさ、十七世紀バロック風の見事な彫刻の数々……、ホールには、目もくらむばかりの紺青の絨毯《じゅうたん》がいっぱいに敷きつめられ、煌々《こうこう》とシャンデリアが、場内を真昼のように照らしだしている。

料理はフローレンス風、あるいはトスカーナ風。出席者は、約六百名。立食パーティのホールは、人慍《いき》れと熱気で溢れんばかりの活気を呈している。

早坂と万智子は、つい先刻までフィクセ教授といっしょであった。しかし、いつの間にやらどこかへ消えてしまっている。ワイングラスを片手にして、この広大なホールを早坂は妻といっしょにゆっくりとめぐってみた。ホールの片隅では、タキシード姿の楽団員らが、静かに曲を流しつづけている。

急にキールホルツ教授が、山本とともにホールのなかにしつらえられた小体《こてい》の舞台の上に駆けあがった。即席のキールホルツの、山本教授の人となりのすばらしさ、業績の偉大さについての軽妙かつ洒脱な紹介ぶり……。キールホルツならではの巧みな話術にホールの人たちは、わっと湧いて山本教授に盛んな拍手を送っていた……。

万智子は、父のはればれしい姿に、まるで我がことのような感動を覚えさせられた。身近かなようで身近かでなかった父。いつも気持ちのなかでは、父の実感が乏しかった。しかし、いったいそれはそれでよいのではないか、父ははっきりとこの自分の人生を生きたのだから。こんなにすばらしいことはないではないか……。明日の講演が、父の人生のひとつのけじめとなるべきものだ。講演が無事に終わったら、素直にご苦労さんと、そう一言労《ねぎら》いの言葉をかけてあげなければ——。万智子は、気持ちのなかで父、正茂の学者としての成功に、心からの拍手を送っていたのである……。

夫が、どこかにいってしまったのも、万智子はそのとき気がつかなかった。気がついたとき、夫の姿はすでに彼女のそばから消えていた——。

父、正茂はフォーマルなグレーのスーツで身を固めていた。頭髪も豊かである、山本正茂が、キールホルツから丁重な紹介を受け、改めて挨拶に及ぼうとした、そのときであった。

ひとりの妙齢の婦人が、つかつかと舞台の直前まで進み出た。そのときまでは、誰もその婦人に気がつかない。流れるようにさらさらとした金髪、奥深い碧眼の双眸《そうぼう》。ブルーのドレスが、白い肌に程よく調和している。人々が気がついたとすれば、その濃い目の化粧が、この場の雰囲気にはそぐわぬものであったということくらいであろう。したがって、その婦人が琥珀色にきらめいた小物入れをゆっくり開けそのなかからイタリア製のぴかぴかに磨きぬかれた、銀色の光沢も見事な小型ベレッタ拳銃をとりだし、山本の心臓に向けて静かにかまえたとしても、誰もつぎに起こる重大な事態については、不思議なことにことさら思いつかなかったといってもよかったかもしれぬ。まさか……、という一瞬の間隙であった。ビシッという弾けるような音……。わずかあと一日で、四十年有余の栄光を一身に極めようとした山本教授は、その瞬間自分の左胸部に、何かしら灼熱感とでもいうべきものが草薙《くさなぎ》に走るのを感じた。痛みはない。しかし、いったいこの自分にいま、何ごとが起こったというのであろうか。盟友のキールホルツが、蒼白な顔をして舞台の上に崩れ落ちたこの自分を助けおこそうとしているのも、ブルーのドレスを纏《まと》い、自分を撃った若い白人女性が、何か喚《わめ》きながら今度はなぜか自分自身の喉元を撃とうとしているのも、終始無表情なままであったのも、すべてが山本の目にはちょうど日交《まなかい》に炎霞のかかった、現実味の薄い出来事のようにしか思われなかった……。

ジョアン・クリスチャンセンは、自殺に失敗した。喉元を銃が撃ち抜く寸前、彼女は屈強な男性に咄嗟に押し倒され、銀色のベレッタは、空《むな》しくその握りしめたジョアンの手から離されホールの絨毯の上をカラカラと転がった……。

早坂修三は、ホールの端でその一部始終を見届けていた。ベレッタからジョアンによって撃ちだされた銃弾は、精確に山本の心臓を射抜いたであろうか……、山本軍医中尉の――、その心臓を。

早坂は、場内の混乱を尻目にピッティ宮から逃れるように去った。去り際、遠目に万智子の顔がちらりと見えた。父、正茂の思いもかけぬ遭難、血の色を失くした表情が、シャンデリアの煌々《こうこう》とした明るみの下で、早坂には殊《こと》の外美《ほか》しく輝いているようにさえ見えた。万智子とも、もはや会わぬであろう……。自分の書いた筋書きが、いま完結を迎えようとしている。すべてをことごとく無に帰して……。

早坂修三が、青酸カリを呷《あお》ったのは、その直後のことであった。ジョアンも、いずれピシロシビンの呪縛から解き放たれ、事の真相は悉《つぶさ》に白日の下に晒《さら》される。ジョアンに多量のエストロゲンとピシロシビンを与えたのは、早坂にほかならぬ。……。エストロゲンの急速な消退とピシロシビンの効果は、ジョアンを凶暴な殺人兵器に仕立てあげた。早坂の囁きは、ジョアンの行動を強烈な束縛下に置いた……。山本正茂と、ジョアン自身の死とを……。

しかし、いまではもうそれもどうでもよいことのように早坂には思われた。意識が少しずつ失われていく。憎悪、復讐……。自分の人生のいたるところに猖獗《しょうけつ》し、すべてを蹂躙しつくす。いったいそれは何だったのか……。明るい、踊るような笑い声、屈託のない無邪気。明るい光明が、薄靄《はくあい》のなかから鋭く射しこんできたような気が早坂はした。そうだ!! ——ここは、あの玉豊百貨店の前だったのだ。あの日の記憶、落日の残照のような想い出。すべては、あの日の一抹の記憶に規定されている……。そしていま、自分もまた何か大きな力に吸いこまれていくように圧倒的で息のつまるようなあの日の平和のなかへ呼びもどされていくのを、早坂ははっきりと自覚していた……。

（了）

■著者略歴
吉田　秀夫（よしだ　ひでお）
昭和25（1950）年　6月16日生まれ
昭和51（1976）年　弘前大学医学部卒業
昭和58（1983）年　九州芸術祭文学賞地区次席
昭和60（1985）年　長崎大学医学部精神神経科講師
昭和61（1986）年　九州芸術祭文学賞地区次席
昭和61（1986）年　医学博士（長崎大学医学部）
昭和62（1987）年　九州芸術祭文学賞地区次席
平成3（1991）年　法務省入省
平成28（2016）年　法務省退職
同年　日見中央病院精神神経科勤務（現在に至る）
長崎市城山台2丁目在住。医師

満州の記憶

発行日	2020年9月1日　初版第1刷発行
著者	吉田　秀夫　Yoshida Hideo
発行人	片山　仁志
編集人	堀　憲昭
発行所	株式会社 長崎文献社 〒850-0057 長崎市大黒町3-1　長崎交通産業ビル5階 TEL. 095-823-5247　FAX. 095-823-5252 ホームページ http://www.e-bunken.com
印刷所	モリモト印刷株式会社

ISBN 978-4-88851-350-0　C0093　¥1200E